중학생 독후감 필독선 59

중학생이 보는

WILLIAM SHAKESPEARE

리어 왕

셰익스피어 지음 · 김재남(동국대 교수) 옮김
성낙수(한국교원대 교수) · 임현옥(부여여고 교사) · 이승후(경주 감포중 교사) 엮음

좋은 책 좋은 독자를 만드는—
(주)신원문화사

더 이상 언급할 필요도 없지만 요즘은 독서의 중요성이 더욱 강조되는 시대입니다. 첨단과학으로 이루어진 대중매체 덕분에 눈으로 읽는 것보다는 말초신경을 자극하는 동영상 쪽으로 관심이 모아지는 데 대한 우려 때문일 것입니다. 꿈과 희망을 가지고 자라나는 학생들에게는 올바른 사고력과 분별력을 키워주어야 합니다. 그런 점에서 다른 사람들의 생각과 철학, 인생관과 세계관이 들어 있는 명작들을 많이 읽는 것이야말로 바람직한 학습 효과를 거둘 수 있는 지름길이라 생각합니다.

명작은 오랜 세월에 걸쳐 많은 사람들이 읽고 크게 감동을 받은 인정된 작품들로서, 청소년들의 삶에 지침이 되어 주고 인생관에 변화를 주게 될 것입니다.

이번에 중학생들에게 꼭 읽히고 싶은 명작들을 선정하여, 작품을 바르게 감상하고 독후감을 쓰는 데 도움을 주고자 이 시리즈를 기획하게 되었습니다. 작품들은 동서고금에 걸쳐 객관적으로 인정받은, 훌륭한 대상만을 선정하였습니다. 그리고 책의 구성을 다음과 같이 하여, 읽고 쓰는 데 도움이 되도록 하였습니다.

하나, 삶에 대한 지혜와 용기를 주고 중학생이라면 꼭 읽어야 할 명작만을 골랐습니다.

둘, 명작을 읽고 난 후의 솔직한 느낌을 논리적 · 체계적으로 쓸 수 있도록 중학생들의 독후감 작성에 따르는 부담을 덜어 주도록 구성하였습니다.

셋, 작품 알고 들어가기, 내용 훑어보기, 작품 분석하기, 등장인물 알기를 통해 작품을 분석하는 힘을 기를 수 있도록 하였습니다.

넷, 작가 들여다보기, 시대와 연관짓기, 작품 토론하기 등을 통해 작가의 일생을 알고 시대의 흐름을 파악하여 상상력과 창의력을 키워 주도록 하였습니다.

다섯, 독후감 예시하기와 독후감 제대로 쓰기에서는 책을 읽는 방법과 독후감 모범답안 실례를 제시함으로써 문장력을 길러주는 한편 독후감 쓰기의 충실한 길라잡이가 되도록 했습니다.

아무쪼록 이 책들이 중학생들의 학습 능력 향상에 큰 도움이 되길 빌어 마지 않습니다.

엮은이 성 낙 수

차 례

중학생이 보는

WILLIAM SHAKESPEARE

리어 왕

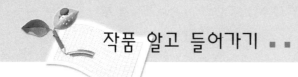

작품 알고 들어가기

　《리어 왕》은 《맥베스》, 《햄릿》, 《오셀로》와 함께 셰익스피어의 4대 비극이라 불립니다. 전체는 5막으로 구성되어 있고, 1605년에 쓴 것으로 추정하고 있습니다.

　리어 왕은 영국의 전설적인 국왕으로 16세기의 영국 문학에서도 가끔 등장하는데, 셰익스피어는 그것과는 달리 독자적으로 다루었습니다.

　이 작품의 배경이 되고 있는 시기는 1604~1605년경으로 1601년 에섹스 백작은 반역죄로 사형에 처해지고, 엘리자베스 여왕은 아직 후계자를 두지 못한 상황에서 그동안 균형을 유지해 왔던 전통 귀족과 신흥 귀족, 그리고 중산 계급 등과 대립하게 됩니다. 특히 1588년 스페인의 무적 함대를 격퇴하는 과정에서 중산 계급은 주도적 역할을 하면서 그 세력을 급속도로 확대시켜 나갔습니다.

엘리자베스 시대에 이르러 이런 정치적 갈등이 심화된 가치관의 분열과 연결됨으로써 영국과 전세계에 대혼란이 닥쳐올 것이라는 비관적 견해가 아주 많았던 시기였습니다.

  따라서 작품 속에서는 정치적 질서 체계는 물론 인간과 세계를 연결시켜 주는 종교적, 철학적 혼란까지 나타나고 있습니다. 등장인물 역시 혼란 가운데서 서로 다른 가치를 대변하고 있는데, 리어 왕과 글로스터는 봉건적 이상의 한계를, 켄트는 그것의 긍정적인 면을, 에드먼드, 거너릴, 리건은 부르주아적 합리주의의 부정적인 면을 각각 보이면서 갈등을 일으키고 있습니다.

  즉, 리어 왕은 전통적이고 귀족적인 가치와 탐욕적이고 무절제한 중산 계급의 가치 사이의 갈등을 극복할 수 있는 새로운 질서와 가치 체계를 요구하는 작품이라고 볼 수 있습니다. 작가의 이러한 의도를 생각해 보며 이 작품을 읽어 봅시다.

제1막

제1장

리어 왕 국정의 알현실

켄트 백작, 글로스터 백작, 그의 서자 에드먼드 등장.

켄트 국왕께서는 콘월 공작보다 올버니 공작을 더 생각하고 계시는 것 같더군요.

글로스터 늘 그런 것 같더군요. 하지만 영토 분배에 있어서는 어느 쪽 공작을 더 생각하고 계시는지 분간하기 어려울 정도로 분배가 똑같이 잘 계량되어 있기 때문에 어느 쪽을 아무리 세밀히 조사해 보아도 다른 한쪽의 몫이 더 낫다고는 할 수 없구려.

켄트 저 사람은 자제분입니까?

글로스터 양육은 내가 했습니다만 정말이지 저 애를 내 아들이

라고 할 때마다 얼마나 얼굴을 붉혔던지 지금은 철면피가 되고
말았습니다.

켄트 무슨 얘기인지 알아들을 수 없는데요.

글로스터 저 애 어머니는 내 말을 잘 알아듣고 배가 점점 불렀지
요. 그래서 침상에 남편을 맞이하기도 전에 요람에 제 아이를
재우게 되었지요. 구린 냄새가 나는 것 같지요?

켄트 글쎄, 그 구린 짓의 결과로 아들이 저렇게 훌륭하니 그런
잘못은 오히려 잘하신 일이지요.

글로스터 그러나 내게는 정당한 적자가 하나 있는데 특별히 귀
엽지는 않지만 이놈보다 한 살 더 위입니다. 누가 기다리기도
전에 이놈은 주제넘게 태어난 놈입니다만 이놈의 어미는 예쁘
고, 이놈이 생겨나기 전에는 상당히 재미를 보았죠. 그 일을 생
각하면 비록 사생아지만 자식으로 인정하지 않을 수가 없지요.
에드먼드야, 너 이 어른을 뵌 적 있니?

에드먼드 아니요, 없습니다.

글로스터 켄트 백작이시다. 내 존경하는 친구 분이시니 앞으로
잘 모셔라.

에드먼드 인사드립니다.

켄트 야, 잘 있었나, 이제 가까이 지내세.

에드먼드 앞으로 각하의 의향에 맞도록 노력하겠습니다.

글로스터 이놈은 9년 동안 외국에서 지냈는데 또 가기로 되어

13

있지요. (나팔소리) 국왕께서 나오십니다.

왕관을 받든 자를 선두로 리어 왕, 콘월, 올버니, 거너릴, 리건, 코딜리어, 시종들 등장.

리어 왕 글로스터, 프랑스 왕과 버건디 공작의 접대를 부탁하오.

글로스터 예, 분부대로 하겠습니다. (글로스터와 에드먼드 퇴장)

리어 왕 그 사이 지금까지 과인이 가슴 속에 품고 있던 계획을 말하겠다. 그 지도를 다오. 우선 나는 내 왕국을 3등분해 놓았다. 과인의 확고한 결심인즉, 이제 모든 정치적 근심과 국사를 이 노인의 어깨로부터 젊고 기운 있는 사람들에게 이양하고 홀가분한 몸으로 죽음으로의 여행을 떠날 참이다. 사위 콘월 공과 사랑하는 사위 올버니 공에게 말하겠는데, 짐은 지금 딸들의 결혼 지참금을 발표하려고 한다. 이는 오직 후일 싸움의 씨를 없애기 위해서이다. 프랑스 왕과 버건디 공작은 짐의 막내딸의 사랑을 구하여 서로 경쟁하며 벌써 오랫동안 이 궁정에 머물러 왔는데 오늘 여기서 대답을 듣게 될 것이다. 자, 딸들아! 짐은 이제부터 국경의 통치권이며 영토 소유권이며 행정 관리권 등을 모두 벗어버릴 작정인데, 대체 너희들 중 누가 제일 이 아비를 사랑하고 있는지 말해 보거라. 짐에 대한 사랑과 효성이 제일 많은 딸에게 짐은 제일 큰 몫을 주겠다. 거너릴아,

만딸이니 너부터 먼저 말해 보거라.

거너릴 저는 말로는 도저히 표현할 수 없을 만큼 아버님을 사랑합니다. 시력보다도 자유롭게 처분할 수 있는 넓은 토지보다도 소중한 분으로서 값지고 희귀한 어느 것보다도 귀중하고, 사랑과 미와 건강과 명예가 구비된 생명보다도 소중한 분으로서, 일찍이 자식이 바치고 어버이가 받은 바 있는 최대의 애정을 가지고 아버지를 사랑합니다. 숨이 차고 말이 막힐 만한 효성을 가지고 무엇하고도 비교할 수 없는 애정을 가지고 아버지를 사랑하고 있습니다.

코딜리어 (방백) 이 코딜리어는 무어라 할까? 나는 마음속으로 사랑하고 잠자코 있어야지.

리어 왕 (지도를 가리키며) 이 경계선부터 이 선까지 울창한 숲과 기름진 평야와 어획 많은 강과 광활한 목장이 있는 이 경계선 내의 전부를 네 영토로 하겠다. 내가 지극히 사랑하는 둘째딸 리건, 콘월의 부인은 뭐라고 말하겠느냐?

리 건 저도 언니와 똑같은 심정입니다. 그러니 가치도 동등하다고 생각하고 있어요. 정말이지 언니는 저의 효성을 그대로 표현했어요. 다만 말의 부족을 첨가한다면 저는 어떠한 고귀한 사람이 누리는 즐거움일지라도 효성 이외의 즐거움은 적으로 생각하고 소중한 아버님에 대한 사랑에서만 오직 행복을 느끼고 있습니다.

리
어
왕

코딜리어 (방백) 다음은 가엾은 코딜리어! 하지만 그렇지도 않
　　지. 내 열정은 말로써는 못할 만큼 무게가 있으니까.

리어 왕 이 훌륭한 국토의 3분의 1이 너와 네 자손의 영원한 영
　　토다. 넓이나 가치나 기쁨을 주는 능력에서나 거너릴에게 준
　　것에 조금도 손색이 없다. 다음은 네 차례다. 비록 막내이긴 하
　　지만 언니들 못지 않게 과인에게 기쁨을 주는 아가야, 맛좋은
　　포도의 나라 프랑스 왕과 목장이 넓은 버건디 공작이 네 사랑
　　을 얻으려고 지금 경쟁을 하고 있는 중이지만 언니들 것보다
　　더욱 비옥한 세 번째 영토를 받기 위하여 너는 무어라 말하겠
　　느냐?

코딜리어 아무 드릴 말씀이 없습니다.

리어 왕 아무 할 말이 없어?

코딜리어 네, 아무 드릴 말씀이 없습니다.

리어 왕 아무 할 말이 없으면 아무 소득이 없을 것이니, 다시 말
　　해 보거라.

코딜리어 불행하게도 저는 제 심중을 말로 할 수가 없습니다. 저
　　는 아버님을 자식의 도리로서 사랑합니다. 그 이상도 그 이하
　　도 아닙니다.

리어 왕 뭐라고, 코딜리어! 말을 좀 고쳐 함이 어떠냐, 네 재산이
　　손해를 입지 않도록.

코딜리어 아버님, 아버님은 저를 낳으시고, 기르시고 그리고 사

랑해 주셨습니다. 그 은혜의 보답으로 저는 당연히 할 의무를 다하겠습니다. 아버님께 복종하고, 아버님을 사랑하고, 아버님을 누구보다도 공경합니다. 언니들은 오직 아버님만을 사랑한다고 하면서 왜 남편을 맞았습니까? 만약 제가 결혼한다면, 저와 맹세를 하는 남편이 저의 애정과 배려와 의무의 절반을 가져갈 것입니다. 저는 언니들처럼 오직 아버님만을 사랑하려면 결혼하지 않겠어요.

리어 왕 그게 네 본심이냐?

코딜리어 네 그렇습니다, 폐하.

리어 왕 그리도 젊으면서 어쩌면 이토록 완고할 수가 있느냐?

코딜리어 어리지만 마음은 정직합니다.

리어 왕 좋다. 그러면 그 정직을 네 지참금으로 삼아라! 태양의 성스러운 위광에 두고 밤의 마귀 헤카테의 암야의 밀사와 우리의 생사를 좌우하는 별의 작용을 두고 맹세하지만 나는 아비로서의 애정도, 핏줄이 가깝고 피가 같다는 것도 모두 부정하고 이제부터 영원히 너는 나와는 아무 관계없는 남남으로 생각하겠다. 한때 딸자식이었던 너보다는 시디아의 야만인이나, 식욕을 채우기 위해서 제 육친을 잡아먹는 놈을 오히려 이 가슴에 가깝게 여기고 측은하게 생각하여 도와줄 테다.

켄 트 폐하……

리어 왕 듣기 싫다, 켄트! 용의 진노를 가로막지 마라. 실은 내가 제일 사랑하는 저 손에 보호를 받으며 여생을 보낼 생각이었다. (코딜리어에게) 나가라, 보기 싫다! 저 애에게 아비로서의 애정을 끊어 없앴느니만큼 이제는 무덤이 내 안식처가 될 수밖에! 프랑스 왕을 불러라! 왜 아무도 움직이지 않느냐? 버건디 공작을 불러! 콘월과 올버니는 두 딸에게 준 재산 외에 셋째에게 주려던 재산도 갈라 가져라. 너는 정직이라는 오만심을 지참금 대신 가지고 시집을 가거라. 너희 둘에게만 내 권리와 통치권과 왕위에 따르는 모든 아름다운 의장을 일체 양도하겠다. 나는 다달이 백 명의 기사를 거느리고 너희들 부양하에 한 달 교대로 양가에 체류하며 생활하기로 하겠다. 나는 오직 왕이라는 명칭과 명예만을 보유하고 국가의 통치며 수입이며 기타의 집행권은 일체 너희 두 사위에게 맡기겠다. 그 증거로 이 자리에서 이 왕관을 둘에게 공동으로 주겠다.

켄 트 폐하! 항상 국왕 폐하로서 공경하고 부친같이 사모하며 군주로서 따르고, 그리고 위대하신 보호자로서 제가 신에게 기도하는…….

리어 왕 활은 당겨졌으니 화살에 맞지 않게 해라.

켄 트 차라리 쏘십시오. 그 활에 제 심장이 뚫리는 한이 있더라도 괜찮습니다! 리어 왕의 마음에 광기가 있으시다면 켄트도 예의만 지키고 있을 수 없습니다. 어르신, 왜 그러십니까? 국왕이 아부에 굴복할 때 충신이 간언하기를 두려워한다고 생각하십니까? 임금이 어리석은 행동을 하면 명예를 존중한다면 직언을 아니할 수 없습니다. 왕권을 그전대로 보존하십시오. 그리고 심사숙고하셔서 이번의 경솔 망측한 처분을 거두십시오. 제 판단이 틀렸다면 목숨을 내놓겠습니다만 막내따님은 절대로 효심이 뒤떨어지는 것이 아닙니다. 또한 목소리가 낮아 쩡쩡 울려대지 않는다 해서 진심이 비어 있는 것은 아닙니다.

리
어
왕

리어 왕 목숨이 아깝거든 아무 말도 마라, 켄트!

켄 트 제 목숨은 폐하의 적과 싸우기 위해서 언제라도 버릴 각오입니다. 폐하의 일신을 위해서 버린다면 조금도 아깝지 않습니다.

리어 왕 물러가라, 보기 싫다!

켄 트 눈을 뜨고 잘 보십시오. 그리고 항상 저를 폐하의 진정한 과녁으로 삼으십시오.

리어 왕 정말 아폴로 신에 두고 맹세하지만…….

켄트 정말 아폴로 신에 두고 맹세하지만 정말 폐하의 맹세는 쓸데없습니다.

리어 왕 이 불충한 놈! (칼에 손을 댄다)

올버니
콘 월 } 고정하십시오, 폐하.

켄 트 어서 충직한 의사를 죽이고, 몹쓸 병에다 사례를 하십시오. 폐하의 결정을 거두시지 않으면 신의 목에서 소리가 나는 한 폐하의 잘못된 처사를 계속 외쳐대겠습니다.

리어 왕 이 고얀 놈아! 충성을 잊지 않았다면 내 엄명을 듣거라! 짐이 이때까지 깨뜨려 본 일이 없는 맹세를 너는 짐으로 하여금 깨뜨리게 하려고 했을 뿐 아니라 불손한 태도로써 짐의 선고와 왕권 사이에 방해를 놓고, 인정상으로나 지위상으로 도저히 참지 못할 일을 짐으로 하여금 하게 하려고 한 것이니…… 자, 국왕의 실권이 어떠한 것인지 맛을 좀 보아라. 5일간 여유를 주겠으니 그동안 세파의 재난을 피할 수 있는 준비를 해라. 다만 엿새째는 이 왕국으로부터 그 밉살스런 등을 돌려라. 만약 열흘 후에도 추방된 몸을 국내에 둔다면 발견하는 즉시 사형에 처하겠다. 자, 가거라! 주피터 신에게 두고 맹세하지만 이 선고는 절대로 취소하지 않겠다.

켄 트 그럼, 안녕히 계십시오. 정 그러시다면 이 나라에는 자유도 없고 추방만이 있을 뿐입니다. (코딜리어에게) 모든 신께서 공주님을 보호해 주실 것입니다. 공주님의 마음은 정당하고 말씀은 성실했습니다. (리건과 거너릴에게) 두 분의 거창한 말씀이 실행되고, 좋은 결과가 효심의 말에서 돋아나기를 빕니다. 그리고 아, 두 분 공작 각하, 켄트는 이렇게 작별의 인사를 드립니다. 이제 새로운 나라에서 그전처럼 살아가겠습니다. (켄트 백작 퇴장)

우렁찬 나팔소리. 글로스터, 프랑스 왕과 버건디 공작을 안내하여
등장.

글로스터 프랑스 왕과 버건디 공작을 모셔 왔습니다.

리어 왕 버건디 공작, 공작에게 먼저 묻겠는데, 여기 계신 프랑
스 왕과 더불어 막내딸을 두고 경쟁하는 공작은 도대체 딸의
지참금으로 최소한 얼마나 요구하려고 하오? 만약 아무것도 얻
지 못한다면 이대로 구혼을 포기하겠소?

버건디 국왕 폐하, 이미 정해 놓으신 몫 이상은 바라지도 않고
또 폐하께서 그 이하를 주시리라 생각하지도 않습니다.

리어 왕 버건디 공작, 저 애가 귀여웠던 시절에는 짐도 그렇게
생각했으나 지금은 가치가 떨어졌소. 저기 저렇게 서 있소. 저
작은 몸속 어디가 또는 저 전부가 마음에 드시거든 내 노기 외
에는 아무것도 갖지 않은 벌거숭이니까, 어서 데려가시오.

버건디 폐하, 뭐라고 말할 수 없습니다.

리어 왕 결점투성이에다 편들어 주는 사람도 없이, 아비의 미움
까지 받고 있고, 거기다가 아비의 저주를 지참금으로 하여 아
비의 맹세로 의절당한 딸년인데 그래도 맞이하겠소, 또는 포기
하겠소?

버건디 황송하지만 폐하, 그러한 조건으로는 도저히 연분이 될
수 없습니다.

리어 왕 그럼, 포기하시오. 나를 만들어 주신 신에 두고 맹세하지만 저 애 재산은 그것이 전부니까요. (프랑스 왕에게) 왕이여! 왕과의 평소 정분을 생각하면 내가 증오하는 딸을 감히 아내로 삼으라고 하지는 못하겠소. 그러니 피를 나눈 아비가 자기 자식이라고 인정하는 것조차 창피하게 여기는 몰인정한 년보다는 더 훌륭한 여자에게 사랑을 돌리도록 하시오.

프랑스 왕 참으로 기괴한 일입니다. 조금 전까지도 지극한 사랑의 대상의 주제요, 고령의 위안이요, 가장 크고 깊은 사랑의 대상이던 따님이, 무슨 나쁜 죄를 범했기에 순식간에 그렇게도 여러 겹의 총애를 잃고 말다니요! 정녕 그 죄는 인륜에 어긋나는 해괴한 죄과이겠지요. 그게 아니라면 그렇게도 자랑이시던 사랑이 타락해 버린 거겠지요. 하지만 따님에게 그런 일이 있으리라고는 기적이 아니고서야 이성으로는 믿어지지 않습니다.

코딜리어 (리어 왕에게) 폐하께 부탁드립니다. 제가 마음에 없는 것을 술술 잘 지껄이지 못하는 것이 흠일지라도 저는 마음에 생각한 것은 말보다도 실행을 잘 합니다. 그러니 부디 한마디만 변명하게 해주십시오. 제가 아버님의 총애를 상실한 것은 결코 악덕의 오명, 살인 또는 망측한 과오 때문이거나 음탕한 짓 혹은 불명예스런 행동 때문이 아니라, 단지 남의 안색을 살피는 눈이나 아첨하는 혓바닥을 가지지 않았기 때문입니다. 그런 것이 없어서 아버님의 역정을 샀을지라도, 그런 것은 없는 편이 오히려 인간으로서 훌륭하다고 생각됩니다.

리어 왕 아비의 마음에 거슬리는 건 고사하고라도 너 같은 건 차
라리 태어나지 않았더라면 좋았을 것을…….

프랑스 왕 단지 그런 이유로? 마음먹은 것을 말하지 않고 실천하
는, 말수 적은 천성 때문에? 버건디 공작, 공작은 이 부인께 뭐
라고 답변하시겠습니까? 사랑의 본질이 타산적이 되면 그것은
진정한 사랑이 아닙니다. 결혼을 하시겠습니까? 공주님은 인품
자체가 훌륭한 결혼 지참금입니다.

버건디 국왕 폐하, 처음 폐하께서 주시기로 한 것만이라도 주십
시오. 그러면 이 자리에서 곧 코딜리어 공주를 아내로 맞아 버
건디 공작 부인으로 삼겠습니다.

리어 왕 아무것도 못 줘. 천지신명께 굳게 맹세하오.

버건디 그러시다면 유감스럽지만 아버지를 잃었기 때문에 남편
도 잃을 수밖에 없습니다.

코딜리어 안심하세요, 버건디 공작! 재산을 노리는 혼담은 거절
할 수밖에요.

프랑스 왕 아름다운 코딜리어 공주, 당신은 아무것이 없어도 가
장 부유하고, 버림받았어도 가장 소중하며, 멸시를 받았어도
가장 사랑받는 분입니다. 미덕을 가진 당신을 나는 이 자리에
서 내 손에 넣겠소. 버려진 것을 줍는 것은 괜찮겠지요. 참 이
상하게도 주위 사람들은 몹시 멸시하는데 오히려 나의 마음은

불이 붙어 사랑이 화염같이 갑자기 더 일다니! 폐하, 지참금도 없이 우연히 내게 내던져진 따님은 제 아내, 우리 국민의 왕후, 우리 프랑스의 왕비입니다. 비록 중요한 영토를 가졌다고 하나, 버건디의 공작들이 떼를 지어 오더라도 값을 매길 수 없을 만큼 귀중한 이 아가씨를 내게서 사가지는 못합니다. 코딜리어 공주, 저 사람들이 인정 없다 하더라도 작별 인사를 하시오. 이곳을 떠나도 더 좋은 곳이 있소.

리어 왕 저 애를 맡아서 왕의 것으로 하시오. 짐에게는 그런 딸년은 없소. 두 번 다시 얼굴을 보고 싶지도 않다. 빨리 떠나라. 은혜도 애정도 축복도 못 주겠다. 우리는 들어갑시다. 버건디 공작.

나팔소리. 리어 왕, 버건디 공작, 콘월, 올버니, 글로스터, 기타 종자들 퇴장.

프랑스 왕 언니들에게 작별 인사를 하오.

코딜리어 아버님의 보석인 두 언니들, 코딜리어는 눈물을 흘리며 작별하겠어요. 언니들의 본심은 잘 알지만 동생으로서 언니들의 결점을 공개하기는 싫어요. 다만 아버님을 잘 모시리라 믿어요. 아까 언니들이 공언한 효도에 아버님을 맡기겠어요. 아, 내가 아버님의 사랑을 잃지 않았더라면 아버님을 좀 더 좋은 곳에 부탁하는 것을! 그럼, 두 분 언니, 안녕히.

거너릴 우리의 할일을 지시할 필요는 없어.

리 건 그것보다 네 남편의 비위나 잘 맞추어라. 적선하는 셈치고
너를 받아들인 남편이니까. 너는 복종을 소홀히 했어. 그러니
네가 당하는 고통은 자업자득이야.

코딜리어 때가 되면 위선은 탄로나고 허물은 감추어도 마침내는
창피를 당하여 웃음거리가 되고 말 거야. 그럼, 두고두고 행복
하세요.

프랑스 왕 자, 갑시다. 코딜리어 공주. (프랑스 왕과 코딜리어 퇴
장)

리
어
왕

거너릴 이봐, 우리 둘에게 직접 관계 있는 일을 좀 의논하겠다.
아버님은 오늘 밤에 떠나실 것 같구나.

리 건 그래요, 언니네 집으로, 그리고 다음 달은 우리 집이고.

거너릴 너도 보다시피 아버님께서는 늙은 탓인지 망령이 심하시
더구나. 잘 관찰해 보니 어지간하신 것 같아. 여지껏 줄곧 막내
를 제일 애지중지해 왔으면서 터무니없이 추방해 버리다니 너
무 무모하시잖니.

리 건 망령이 나신 거지 뭐예요. 하지만 여태까지도 자신에 관해
서는 잘 알지 못하셨지요.

거너릴 가장 정정하셨을 때도 성미가 급하셨는데 이제는 늙으셨
기 때문에 오랫동안 고질이 된 성벽에다가 늙어서 더욱 성미를

부리니 걷잡을 수 없는 망령이지 뭐야. 이제는 우리가 꼼짝없이 당할 수밖에 없게 되었구나.

리 건 우리도 켄트의 추방 같은 망령에 언제 화를 입을지 몰라요.

거너릴 프랑스 왕과 아버님의 작별 인사가 아직도 끝나지 않은 모양이야. 우리 서로 마음을 합해서 대비하자. 만약 지금 같은 태도로 위세를 부리신다면 이번의 은퇴는 우리들에게 오히려 해가 될 뿐이야.

리건 앞으로 잘 생각해 봅시다.

거너릴 무슨 조치를 해야겠다. 늦기 전에. (두 사람 퇴장)

제2장

글로스터 백작의 저택

에드먼드, 한 통의 편지를 들고 등장.

에드먼드 대자연이여, 그대는 내 행운의 여신이다. 그대의 법칙
에 나는 순종하고 있다. 무엇 때문에 빌어먹을 법칙에, 그리고
습관에 복종하고 쓸데없는 소리에 구속되어 재산 상속권을 박
탈당해야 한담? 형보다 1년 남짓 늦게 태어났다고? 왜 사생아
란 말이냐? 무엇이 서자란 거야? 나 역시 육체는 균형이 잘 잡
혀 있고, 고상한 심성이 있지 않은가? 어디가 정실의 자식보다
빠지나? 왜 우리에게 서자라는 낙인을 찍는가? 왜 서자란 말이
야? 어째서 비천하지? 무엇이 비천하단 말이냐? 서자라고? 자
연의 본능이 남의 눈을 속여가며 야성적인 욕정에 못 이겨 생

27

겨난 우리가 재미없고 김빠진 피곤에 절은 잠자리에서 비몽사몽간에 생긴 바보들의 무리보다 종자도 좋고 양기도 더 세찰 것이 아니겠는가? 자, 그럼 적자이신 에드거 형님 나리, 나는 네 토지를 차지해야만 되겠어. 아버지의 사랑은 적자와 다름없고, 서자인 이 에드먼드에게도 차별은 없어. 적자, 좋은 말이다! 자, 적자 형님, 만일 이 편지대로 일이 성공한다면, 서자인 에드먼드가 적자를 누르게 되지. 나는 앞으로 성공하고 출세한다. 아, 여러 신들이여, 서자 편을 들어 주소서! (미리 준비해 둔 위필의 편지를 읽고 있는 척하며, 아버지 글로스터가 오는 것을 기다리고 있다.)

이때 매우 놀란 모습으로 글로스터 등장.

글로스터 켄트는 저렇게 추방당하고, 프랑스 왕은 성이 나서 가 버리고, 폐하께서는 어젯밤에 떠나 버리시고, 왕권은 양여하시고, 일정한 생활비만을 받게 되시고, 그런데 이게 다 갑자기, 에드먼드야, 웬일이냐? 무슨 소식이라도 있느냐?

에드먼드 (편지를 감추면서) 아버지 아무것도 아닙니다.

글로스터 왜 그렇게 기겁을 해서 그 편지를 감추려고 하느냐?

에드먼드 세상 소식은 아무것도 모릅니다.

글로스터 지금 무슨 편지를 읽고 있었느냐?

에드먼드 아무것도 아닙니다, 아버지.

글로스터 아무것도 아니라고? 그럼 왜 그렇게 기겁을 해서 호주 머니 속에 쑤셔넣어야 하느냐? 아무것도 아니라면 감출 필요도 없잖니. 어디 좀 보자. 자, 아무것도 아니라면 안경도 필요 없겠구나.

에드먼드 아버님, 용서해 주십시오. 실은 형님에게서 온 편지입니다. 아직 다는 읽지 못했지만 읽어 본 곳까지로 봐서 아버님께서 보시면 안 될 것 같습니다.

글로스터 그 편지를 이리 내놔라.

에드먼드 안 보여 드려도, 보여 드려도 역정 내실 겁니다. 부분적으로밖에 모르겠습니다만 내용이 좋지 않습니다.

글로스터 어서 이리 다오, 어서.

에드먼드 형님의 변명을 해 두겠습니다만, 아마 이것은 저의 효심을 시험해 보고 떠보느라고 쓴 것 같습니다.

글로스터 (읽는다)

노인을 공경하는 세상의 인습 때문에 인생을 가장 향락할 수 있는 청춘 시절을 쓸쓸하게 지내야 하고 상속받은 재산도 늙어서나 상속을 받아 보았자 참되게 맛을 즐길 수 없다. 나는 노인들의 포악한 폭정에 복종하는 것은 어리석은 속박임을 통감하기 시작하고 있다. 노인들이 우리를 지배함은 실력이 있어서가 아니라 우리가 감수하기

리
어
왕

29

때문이니라. 이 일에 관해서 의논하겠으니 내게로 좀 와 다오. 만약 내가 깨울 때까지 아버지가 주무시기만 한다면 아버지의 수입의 절반은 영원히 네 몫이 될 것이며, 너는 내 사랑을 받는 아우로서 지내게 될 것이다.

에드거로부 음! 음모로구나? '내가 깨울 때까지 주무시기만 한다면 아버지의 수입의 절반은 영원히 네 몫이 될 것이다' 아들 놈 에드거가! 그놈이 이런 것을 쓸 손목을 가졌던가? 그놈이 이런 음모를 꾸밀 심장과 두뇌를 가졌던가? 언제 왔느냐, 이 편지는? 누가 가져왔느냐?

에드먼드 누가 가져온 것이 아닙니다. 교묘하게도 제 방 창문 안으로 던져 넣어져 있었습니다.

글로스터 이것은 분명 네 형의 글씨지?

에드먼드 내용이 좋다면 형님 글씨라고 단언하겠습니다만, 이래서야 그렇지 않다고 생각해 두고 싶습니다.

글로스터 분명히 네 형의 글씨다.

에드먼드 글씨는 형님의 글씨지만 설마 형님의 본심이 그렇지는 않을 겁니다.

글로스터 그놈이 이 문제에 관해서 종전에도 내 마음을 떠본 일은 없었느냐?

에드먼드 그런 일은 한 번도 없었습니다. 하지만 자식이 성년이 되고 부친이 노쇠하면 아버지는 아들의 보호를 받고, 아들은 아버지의 재산을 관리하는 것이 당연하다고 하는 말은 종종 듣긴 들었습니다.

글로스터 오, 이 나쁜 놈! 편지의 내용이 꼭 그렇다! 흉악한 놈! 짐승 같은 놈! 짐승보다 더 고얀 놈! 너 가서 그놈을 찾아오너라. 그놈을 체포해야겠다. 무도한 악당! 그놈이 지금 어디 있느냐?

에드먼드 잘 모르겠습니다. 잠시 노기를 가라앉히시고 더 확실한 증거를 잡을 때까지 형님의 마음을 살피시는 게 어떻겠습니까. 그것이 확실한 방법일 것 같습니다. 만일 형님의 뜻을 오해하시고 과격한 수단을 취하시면 아버님 명예에 큰 흠이 생기고 형님의 효심을 산산이 짓밟게 될지도 모릅니다. 형님을 위해서 제 목숨을 걸고 보증하겠습니다만 형님은 제 효심을 시험하려고 이런 편지를 쓴 것임에 틀림없을 겁니다. 결코 무슨 위험한 의도가 있는 것이 아닐 겁니다.

글로스터 너는 그렇게 생각하느냐?

에드먼드 아버님만 괜찮으시다면 제가 이 일에 관해서 형님과 의논하는 것을 엿들을 수 있는 곳에 안내해 드릴 테니, 숨어서 아버님 귀로 사실을 충분히 들어 보시면 어떻겠습니까? 곧 오늘 밤이라도 안내해 드리겠습니다.

글로스터 설마 그놈이 그럴 리야!

에드먼드 그야 그렇습니다.

글로스터 이렇게 진심으로 사랑하는 제 아비에게! 하늘이여, 땅이여!…… 에드먼드야, 그놈을 찾아내서, 알겠니, 그놈의 진심을 간접적으로 알아내 다오. 네 지혜껏 수단을 부려 봐라. 내 지위나 재산을 희생해서라도 확실한 진상을 알아야겠다.

에드먼드 염려 마십시오. 형님을 당장 찾아내겠습니다. 그리고 있는 수단을 다해서 일을 진행시켜 곧 진상을 알려 드리겠습니다.

글로스터 최근의 일식과 월식은 불길한 징조다. 학자들은 자연의 법칙에 비추어 이러쿵저러쿵 이유를 붙이지만 그런 변고 때문에 인간계는 확실히 재앙을 받게 마련이거든. 애정은 식고, 우의는 깨지고, 형제는 반목하거든. 도시에는 폭풍, 지방에는 반란, 궁중에는 역모 등이 일어나고 부자지간의 의는 끊어진다. 이 흉악한 아들놈의 경우도 그 전조가 들어맞는 거지. 자식은 아비를 배반하고 임금은 천성에 어긋나는 행동을 하고, 아비는 자식을 버리고, 세상은 말세다. 음모, 허위, 배신, 기타 모든 망조가 든 혼란이 무덤까지 귀찮게 우리를 쫓아오는군. 에드먼드야, 이 나쁜놈을 찾아오너라. 네게는 조금도 손해가 끼치지 않게 하겠다. 용의주도하게 해라. 기품 있고 충성된 켄트가 추방당하다니 그의 죄는 정직함이었을 뿐이지! 기괴한 일이지. (글로스터 퇴장)

에드먼드 참 우습구나. 세상은 어리석게도 운수가 나빠지면 제 자신의 잘못은 생각하지 않고, 재앙의 원인을 태양이나 달이나 별의 탓으로 돌리거든. 이것은 마치 인간은 필연적으로 악한이나 도둑이나 모반자가 되고, 별의 영향으로 주정꾼이나 거짓말쟁이나 간부(姦夫)가 되는 셈이다. 그리고 인간이 저지르는 모든 죄악은 전부 신의 강요로 하는 셈이 된다. 이것은 호색가에게는 그럴싸한 책임 회피지. 음탕한 기질은 별 때문이라고 하면 그만이니까! 내 아버지는 용자리 꼬리 밑에서 내 어머니와 정을 통했고, 그리고 나는 큰곰자리 밑에서 탄생했겠다. 그러기에 별자리의 위치로 봐서 내가 음탕한 것은 당연지사지. 하지만, 쳇, 내가 사생아로 태어날 때, 설사 하늘에서 가장 순결한 별이 반짝이고 있었다 하더라도 나는 지금과 조금도 다르지는 않았을 거다.

에드거 등장.

옛 희극의 마지막처럼 때마침 잘 나타나는구나! 내 역은 우울한 표정으로, 배들레햄(정신병원)의 미치광이 거지 톰같이 한숨을 몰아쉬는 데에서부터 시작해야지……. 아, 요새 일식 월식은 그런 불화의 전조였구나. 파, 솔, 라, 미.

에드거 왜 그러니, 에드먼드야? 뭘 그렇게 골똘히 생각하고 있니?

에드먼드 형님, 저는 요전에 읽은 예언을 생각하고 있어요. 근래에 있었던 일식 월식 뒤에는 어떤 일이 일어나나 하고.

에드거 너는 그런 일에 몰두하고 있니?

에드먼드 그 예언서에 씌어 있는 그대로가 불행히도 하나하나 실제로 일어나는걸요. 예를 들면, 부자간의 불목, 변사(變死), 기근, 오랜 우정의 파괴, 국내의 분열, 왕과 귀족에 대한 협박과 함구, 이유 없는 의혹, 친구의 추방, 군대의 해산, 부부의 이혼, 이 밖의 여러 가지 흉사 말입니다.

에드거 대체 언제부터 너는 점성술을 연구해 왔느냐?

에드먼드 그런데 요즈음 아버님을 뵌 적이 있습니까?

에드거 간밤에.

에드먼드 같이 이야기하셨어요?

에드거 암, 두 시간 동안이나.

에드먼드 좋은 기분으로 작별하셨습니까? 아버님의 말투나 안색에 화나신 것같이 보이지 않았습니까?

에드거 전혀, 그런 일은.

에드먼드 혹시 아버님의 비위를 거슬리는 말씀은 안 하셨습니까? 잘 생각해 보세요. 아무튼 부탁합니다만 아버님의 맹렬한 노여움이 누그러지실 때까지 잠시 아버님 앞에서 피하십시오. 지금은 아버님의 진노가 대단하십니다. 형님 몸에 위해가 있을

지도 몰라요. 좀처럼 화가 수그러질 것 같지 않아요.

에드거 어떤 놈이 나를 모략했구나.

에드먼드 그게 내가 염려하는 점입니다. 그러니 아버지의 노기
　가 좀 가라앉을 때까지는 꾹 참고 계십시오. 우선 제 방에 가
　계십시오. 그러면 기회를 봐서 아버님 말씀이 잘 들리는 곳에
　안내해 드릴 테니까요. 자, 어서 갑시다. 열쇠는 여기 있습니
　다. 외출할 때는 무장을 하고 다니세요.

에드거 무장을?

에드먼드 형님, 진정으로 형님을 생각해서 하는 충고입니다. 형
　님께 호의를 가진 자가 하나라도 있다면 저는 정직한 사람이
　아닙니다. 저는 보고 들은 것을 얘기했을 뿐입니다. 하지만 대
　강 얘기했을 뿐이고 무서운 진상을 도저히 말로는 할 수 없습
　니다. 자, 어서 저리!

에드거 곧 사정을 알려 주겠니?

에드먼드 이번 일은 제가 힘이 되어 드리겠습니다. (에드거 퇴
　장) 아버지는 쉽게 곧이듣고 형은 마음씨가 좋지! 형은 자기가
　남에게 나쁜 짓을 안 하니까 나도 의심하지 않거든. 그 고지식
　함을 이용하여 내 계략은 쉽게 진행되어 간다! 일은 다 된 셈이
　다. 혈통으로 안 된다면 꾀라도 내서 영지를 차지해야겠다. 목
　적을 위해서는 수단을 가릴까 보냐. (에드먼드 퇴장)

제3장

올버니 공작 저택의 한 방

거너릴과 그의 집사 오스월드 등장.

거너릴 아버지의 광대를 나무랐다고 해서, 아버지가 내 집사를
 때렸다는 거냐?

오스월드 예, 그렇습니다.

거너릴 기가 막혀, 밤낮으로 내게 욕만 보이는구나. 시간마다 이
 래저래 심성사나운 일만 저질러 집안이 온통 난장판이구나. 이
 제는 참을 수 없어. 아버님의 기사들은 난폭해지고 아버님 자
 신은 사소한 일에도 우리를 야단만 치시는구나. 사냥에서 돌아
 오셔도 나는 인사하지 않을 테야. 몸이 많이 안 좋다고 해. 너
 도 이제부터는 소홀하게 응대해도 괜찮아. 잘못되어도 그 책임

은 내가 지겠다.

오스월드 돌아오시는 모양입니다. 뿔나팔 소리가 들립니다.

거너릴 될 수 있는 대로 냉담한 태도로 대하라고! 너도, 그리고 다른 하인들도. 그것을 문제삼아 올 정도로 해봐. 못마땅하시면 동생에게로 가시라지. 동생도 나와 같은 마음이니까, 잠자코 그냥 있지는 않을 거야. 망령난 노인 같으니. 일단 양도한 권력을 언제까지나 휘두르겠다고! 정말 늙으면 갓난애가 된다니까. 비위만 맞추어서는 안 되지. 떼를 쓰기 시작하면 나무라야 해. 지금 일러둔 말 잊지 마라.

오스월드 예, 잘 명심하겠습니다.

거너릴 그리고 아버님의 기사들에게도 냉정히 대하라구. 그래서 무슨 일이 일어나도 상관없으니까. 네 동료들한테도 그렇게 일러. 나는 이것을 트집잡아서 말하고 싶은 것을 다 말해 줄 테니까. 이제 곧 동생에게 편지를 써서 나와 보조를 같이 하게 해야지. 저녁 준비를 해라. (두 사람 퇴장)

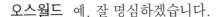

리
어
왕

제4장

올버니의 저택

변장을 한 켄트 등장.

켄 트 딴 사람 목소리를 가장해서 내 말투를 감추게만 된다면 이렇게 변장을 한 목적은 충분히 달성될 수 있을 테지. 그런데 말이지, 추방당한 켄트, 너를 추방한 그분에게 봉사할 수 있다면, 네가 공경하는 그분은 언젠가 네가 충실한 부하인 것을 알게 될 날이 올 것이다.

안에서 뿔나팔 소리. 리어 왕이 기사, 시종들을 거느리고 등장.

리어 왕 곧 식사를 하겠다. 한시도 지체할 수 없다. 빨리 준비하라고 해라. (시종 한 사람 퇴장) 아니, 누구냐, 너는?

켄 트 그저 한 사나이입니다.

리어 왕 너는 뭘 하는 자냐? 내게 무슨 용무가 있느냐?

켄 트 보시는 바와 같은 사람입니다. 신용해 주시는 분께는 진심으로 봉사하고, 정직한 분께는 성의를 다하며, 말수 적고 현명하신 분과는 교제하고, 신의 심판을 두려워하며, 부득이한 경우에는 싸움도 하는 사람입니다. 그리고 신앙심 깊은 영국인입니다.

리어 왕 너는 대체 누구냔 말이다.

켄 트 꽤나 정직하고 왕같이 가난한 사람입니다.

리어왕 왕이 왕으로서 구차하듯이 네가 신하로서 구차하다면 너는 여간 가난하지 않겠구나. 그래, 네 소원이 무엇이냐?

켄 트 봉공을 하고 싶습니다.

리어 왕 누구에게 봉공을 하고 싶다는 거냐?

켄 트 당신에게요.

리어 왕 너는 나를 아느냐?

켄 트 아니요, 모릅니다. 그래도 당신 얼굴에는 어딘지 왕이라고 부르고 싶은 데가 있습니다.

리어 왕 그것이 뭐냐?

켄 트 위엄이지요.

리어 왕 무슨 봉공을 할 줄 아느냐?

켄 트 정당한 비밀을 굳게 지킬 줄 압니다. 말도 타고 달음질도 합니다. 복잡한 이야기는 엉망으로 만들지만 알기 쉬운 전갈은 솔직하게 전할 수 있습니다. 보통 사람이 하는 일은 무엇이든지 합니다. 그리고 가장 좋은 장점을 말하면 부지런한 점입니다.

리어 왕 몇 살이냐?

켄 트 여자가 노래를 잘 부른다고 해서 반할 만큼 젊지는 않지만 형편없이 여자에게 영혼을 빼앗길 정도로 늙지도 않았습니다. 벌써 마흔 여덟이나 먹었습니다.

리어 왕 따라오너라. 내 부하로 삼겠다. 식사 후에도 내 마음에 든다면 내 옆에 있게 하지. 자, 식사를! 식사를 가져 와! 내 시종은 어디 갔느냐? 내 광대는, 너 가서 내 광대 좀 불러오너라. (시종 퇴장)

오스월드 등장.

리어 왕 여봐라! 내 딸애는 어디 있냐?

오스월드 황송하옵니다마는……. (능청을 부리며 퇴장한다)

리어 왕 저놈이 뭐라고? 저 멍청이 놈을 불러! (기사 한 사람 퇴장) 내 광대는 어디 있느냐? 여봐라, 세상이 다 잠들었느냐? (기사 다시 등장) 어떻게 되었느냐? 그 개 같은 녀석은 어디 갔

40

어?

기 사 그놈 말이 공작부인께서는 편찮으시다고 합니다.

리어 왕 내가 불렀는데도 감히 오지 않는 거냐?

기 사 몹시 난폭한 말투로 오기 싫다고 합니다.

리어 왕 오기 싫다고!

기 사 폐하! 사정은 잘 모릅니다만 제 생각에는 이전과 비교해서
폐하를 대하는 접대가 후하지 않다고 봅니다. 모두가 몹시 냉
담하게 대하는 것같이 보입니다. 공작 부부는 물론 시종들에
이르기까지 전부가.

리어 왕 음! 너도 그렇게 생각하느냐?

기 사 제가 잘못 생각했다면 용서하십시오. 하지만 폐하, 폐하에
대해 소홀함이 있다고 생각될 때는 직책상 잠자코 있을 수가
없습니다.

리어 왕 네 말을 들어 보니, 나도 생각하는 바가 있구나. 요즘 매
우 소홀히 대하는 기색이 보이는데 이것은 그들이 실제로 불친
절하다기보다는 오히려 내 자신이 너무 의심이 많고 까다로운
탓으로 그런 줄 알고 있었다. 앞으로 잘 관찰해 보자. 그런데
내 광대는 어디 갔느냐? 이틀 동안이나 보지 못했구나.

기 사 막내따님이 프랑스로 떠나시고 난 후부터는 광대가 몹시
풀이 죽어 있습니다.

리어 왕 이제 그 말은 하지 마라. 나도 알고 있다. 가서 딸애한테

내가 할 얘기가 있다고 그래라. (기사 퇴장) 너는 가서 광대를
불러오너라.

오스월드 다시 등장.

리어 왕 아, 이거 봐, 이리 좀 와라. 너는 나를 대체 누구로 아느
냐?

오스월드 주인 아씨의 아버지이지요.

리어 왕 주인 아씨의 아버지라? 주인의 종놈아……. 이 개 같은
놈, 노예놈, 상것아.

오스월드 실례지만 저는 그런 사람이 아닙니다.

리어 왕 이 무례한 놈아, 나를 노려봐! (오스월드를 때린다.)

오스월드 왜 때려요? (리어 왕에게 덤벼들려고 할 때 켄트가 뛰어
나와서 다리를 건다.)

켄 트 그래 딴죽을 걸어도 안 넘어갈 테냐? 이 축구쟁이 놈
아.(다리를 걸어 오스월드를 넘어뜨린다)

리어 왕 참 잘했다. 믿음직하다. 신세를 잊지 않겠다.

켄 트 일어나, 꺼져 버려, 상하의 구별은 알았겠지. 나가, 나가!
네놈이 다시 땅에 패대기당하고 싶거든 죽치고 있거라. 그렇잖
으면 꺼지라고! 자아, 네 놈도 분별은 있겠지? (오스월드 퇴장)

리어 왕 너는 친절한 놈이다, 고맙다. 월급을 일부 선불해 주겠

다. (돈을 준다)

광대 등장.

광 대 내게도 저 사람 좀 빌려 줘. 그 대신 자, 이 광대 고깔을 주지. (켄트에게 광대가 쓰는 고깔을 준다)

리어 왕 이놈아! 어떻게 된 거냐?

광 대 이것 봐, 내 광대 모자를 쓰는 게 좋을 거야.

켄 트 왜, 광대야?

광 대 왜냐고? 인기가 없어진 사람 편을 드니 그렇지. 당신도 바람 부는 방향 따라 웃지 않으면 그냥 감기에 걸려요. 자, 이 광대 고깔을 받아요. (리어 왕을 손짓하며) 저이는 두 딸을 내쫓고 셋째 딸에게 마음에도 없는 축복을 해주었어요. 이런 사람 밑에 있으면 암만해도 이런 모자를 쓰게 돼요. 그런데 어때요, 아저씨! 나는 광대 고깔 둘하고 딸 둘만 가졌으면 좋겠어요!

리어 왕 왜 이놈아!

광 대 나 같으면 재산은 다 딸에게 내주어도 광대 고깔만은 내가 가지고 싶으니 그렇죠. 그것은 내꺼야, 가지고 싶거든 딸을 보고 딴 걸 달라고 해요.

리어 왕 말 조심해. 잘못하면 매 맞는다는 거 알지?

광 대 진실은 들개인가 보죠. 매맞고 들판으로 쫓겨나고. 그런데

리
어
왕

43

알랑수 암캐 마님께서는 난롯불 옆에 서서 냄새만 풍기고 있다 이 말씀이에요.

리어 왕 고얀 놈 같으니 아픈 데만 찌르는구나!

광 대 이봐요, 좋은 교훈 하나 가르쳐 줄까요.

리어 왕 그래라.

광 대 그럼 잘 들어 봐요, 아저씨!

가진 것을 다 보이지 말라

알고 있어도 말을 삼가라

가진 것 이상으로 꾸어주지 말라

걷느니보다는 말을 타라

들어도 다는 믿지 말라

내기에는 많은 것을 걸지 말라

주색을 가까이 하지 말고 집에 들어앉아 있어라

그러면 열이 둘인 스물이 되고 더 많은 돈이 모이리라

켄 트 쓸데없는 소리구나, 바보야.

광 대 그러니까 무료 변호사의 변론 같은 거지 뭐. 제게 아무 보수도 주지 않으셨으니까요. 아저씨. 아무것도 아닌 것에서는 아무것도 나올 수 없으니까.

광 대 (켄트에게) 제발 저 사람에게 말 좀 해주세요. 저 분 영토의 소작료가 그 꼴이 되었다고요. 아무것도 없게 되었다고요.
광대 말은 곧이듣지 않는다니까요.

리어 왕 매운말 지껄이는 쓴 광대로군!

광 대 이봐요, 쓴 광대와 단 광대의 구별을 알아요?

리어 왕 몰라, 좀 가르쳐 줘.

광 대 (음송한다)

영토를 주어 버리라고

당신께 권고한 자가 있다면

내 곁에 대령시켜라

없다면 그대가 그 대역을 할지어다

단 광대와 쓴 광대가

당장에 나타나리라

얼룩옷 입은 단 광대는 이쪽이요 (하며 자기 자신을 가리킨다)

쓴 광대는 저쪽이로세! (하며 리어를 가리킨다)

리어 왕 이놈이 나보고 광대라고?

광 대 다른 칭호는 전부 내주고 남은 것은 타고난 것뿐이니까요.

켄트 이놈은 바보광대만은 아닌데.

광 대 그야, 영주님이나 훌륭한 분네들이 나 혼자 광대 노릇을
하게 놔 두어야죠. 나 혼자 광대의 전매 특허를 가지려 해도 몰

려와서 한몫 끼겠다는 거야. 부인네들 역시 나 혼자 광대짓을 하게 놔 두지를 않고, 달려들어서 찢어 가거든. 아저씨, 달걀 하나만 주세요. 관(冠)을 두 개 줄 테니.

리어 왕 무슨 관이 두 개란 말이냐?

광 대 달걀을 한가운데 쪼개서 속을 먹어 버리면 관이 두 개 남잖아요. 당신은 왕관을 둘로 쪼개서 둘 다 남을 주고는 제가 탈 당나귀를 등에 짊어지고 진창길을 걸어간다 이 말씀이오. 그러니까 금관을 남에게 준 것은 대머리 골통 속에 지혜가 없어서지. 내가 하는 말을 광대다운 소리라고 맨 처음 눈치채는 놈은 매 좀 맞아야 되지. (노래한다)

올해는 광대가 손해 보는 해
현자는 바보가 되어
지혜가 잘 돌지 않고
하는 짓이 온통 바보짓 같구나

리어 왕 언제부터 그렇게 노래를 잘하게 되었지?

광 대 당신이 따님들에게 어머니 노릇을 시켰을 그때부터죠. 그때 당신은 회초리를 주고 때려 달라고 바지를 내렸으니까요. (노래한다)

46

그때 그들은 갑자기 기뻐서 울고
나는 슬퍼서 노래를 불렀지
임금님이 숨바꼭질하면서
광대축에 끼였어라

아저씨, 당신의 광대에게 거짓말을 가르칠 선생 좀 붙여 줘요.
거짓말하는 것을 좀 배우고 싶으니.

리어 왕 거짓말하면 매 맞는다.

광 대 당신하고 당신 따님들은 정말로 친척간인 모양이지요. 따
님들은 내가 진실을 말한다면서 매질하려 대들고, 당신은 내가
거짓말을 하면 때린다고 으름장을 놓거든요. 그런가 하면 말을
안 하면 안 한다고 매맞을 테지? 그러니 이제는 무슨 짓을 해
먹든 바보광대는 면해야겠어. 하지만 당신같이 되기는 싫어.
당신은 지혜를 양쪽으로 잘라내 버렸으니 가운데는 아무것도
남은 것이 없으니까. 잘라낸 조각 하나가 마침 오는군.

거너릴 등장.

리어 왕 애, 왜 그러냐? 왜 그렇게 이맛살을 찌푸리고 있냐? 요
새는 줄곧 얼굴을 찡그리고 있는 것 같구나.

광 대 딸의 찡그린 얼굴에 신경을 쓰지 않아도 좋았던 시절은 당

신도 좋은 사람이었는데요. 이제는 숫자 없는 영점이 되었군. 당신보다는 내가 오히려 낫지. 나는 바보 광대지만 당신은 아무것도 아니거든. (거너릴에게) 예, 아무 말도 안 하지요. 말씀은 아니하셔도, 얼굴빛으로 알아볼 수 있으니까요. (음송한다)

쉿, 쉿!
세상만사가 싫다고 빵껍질 빵부스러기 다 버린 사람도
배고프면 먹어야 해

(리어 왕을 가리키며) 저것은 알맹이 뺀 콩깍지요.

거너릴 무슨 소리를 해도 상관없는 광대뿐 아니라 데리고 계신 다른 기사들도 모두 뭐라고 하면 곧 트집을 잡고 시비를 하며 마침내는 망측하고 난폭한 것이 참을 수가 없을 지경입니다. 실은 한번 확실히 말씀드려서 안전책을 강구하려고 생각해 왔는데 요즘의 아버님 말씀이나 행동에는 이상한 점이 많습니다. 혹시 아버님이 그런 난폭을 옹호하시고 선동하시고 계신 것이 아닙니까? 만일 그렇다면 그 과실은 당연히 비난을 받아야 하며, 또 저희들로서는 방치할 수 없습니다. 국가의 안녕을 위해서도 무슨 조치를 해야겠는데, 그렇게 하면 아버님은 화를 내실 거고, 또 다른 때 같으면 저의 집도 불명예스럽겠습니다만, 이런 부득이한 사정이라면 현명한 처리라고 세상은 인정할 것입니다.

광 대 (음송한다)

아저씨 아시죠

울타리 참새가 뻐꾸기를

너무나 오래도록

길러 주었더니

끝내는 뻐꾸기 새끼에

먹혀 버렸지

그렇게 그만 촛불이 다 타서

우리는 캄캄한

데 있게 되었지

리어 왕 너는 내 딸이냐?

거너릴 아버님께서는 본래 현명하시니 그 좋은 지혜를 좀 잘 써
주세요. 그리고 요새같이 아버님답지 않은 망령기는 좀 버리세
요.

광 대 수레가 말을 끌면 당나귀인들 모르겠소? 아줌마! 나는 당
신에게 반했어.

리어 왕 여기 누가 나를 알아보나? 이것은 리어가 아냐. 리어가
이렇게 걷고, 이렇게 말을 하더냐? 리어의 눈은 어디 있어? 머

리
어
왕

49

리가 둔해지고, 분별력이 졸고 있나? 하! 깨어 있나? 깨어 있지 않나? 내가 누군지 누가 좀 말해 줄 수 없나?

광 대 리어의 그림자지요!

리어 왕 나는 그걸 알고 싶은 거다. 왜냐하면 왕위의 표지로나 지력으로나 이성으로 판단해서 내게는 딸자식들이 있었던 것 같은데 내가 잘못 알고 있었나?

광 대 그 따님들이 당신을 공손한 아버지로 만들자는 거죠.

리어 왕 귀부인, 당신의 이름은?

거너릴 그렇게 놀란 체하시는 것이 다름아닌 요새 아버님의 망령입니다. 제발 제 의도를 올바르게 이해해 주십시오. 아버지는 존경받을 연세이시니까 현명하셔야 합니다. 아버지는 백 명의 기사와 시종을 거느리고 계시지만 그들은 정말 난폭하고 음탕하고 방종한 사람들이기 때문에 제 저택은 그들의 행실에 감염되어 무뢰한들의 여인숙만 같습니다. 대식가, 음욕으로 이 위엄 있는 저택이 천한 주점이나 사창가 꼴이 되었습니다. 이 치욕은 곧 시정되어야 하겠습니다. 그러니 시종들을 좀 감원해 주세요. 만약 이 요청을 들어주시지 않는다면 이쪽에서 임의로 조치하겠습니다. 그리고 나머지 시종들도 아버님 노령에 알맞고 자신들과 아버님의 처지를 잘 아는 사람들만으로 하겠습니다.

리어 왕 망할놈의 악마 같으니! 말을 준비해라! 내 시종을 다 불러! 돼먹지 못한 사생아 같으니, 네 신세는 안 지겠다. 내게는 또 하나의 딸이 있어.

거너릴 아버님은 제 부하들을 때리고, 아버지의 난폭한 시종의 무리는 상전을 하인 취급합니다.

올버니 등장.

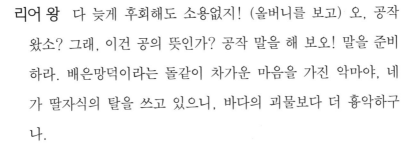

리어 왕 다 늦게 후회해도 소용없지! (올버니를 보고) 오, 공작 왔소? 그래, 이건 공의 뜻인가? 공작 말을 해 보오! 말을 준비 하라. 배은망덕이라는 돌같이 차가운 마음을 가진 악마야, 네 가 딸자식의 탈을 쓰고 있으니, 바다의 괴물보다 더 흉악하구 나.

올버니 부디 참으십시오.

리어 왕 (거너릴에게) 징그러운 솔개야, 거짓말 마라! 내 부하는 모두 엄선한 사람뿐이다. 신하의 본분을 잘 분간하고, 만사를 소홀히 않고, 자기의 명예를 무엇보다도 존중하는 사람들이다. 아, 아주 조그만 허물이었는데 코딜리어의 경우에는 어째서 그 렇게 추악하게만 보였을까. 그 허물은 고문하는 기계같이 본성 의 조직을 토대로부터 분해해 놓고 내 마음으로부터 애정을 뽑 아내고 증오심만 늘게 하였구나. 오 리어, 리어, 리어! (자기 머 리를 치면서) 이 못난 생각만 끌어들이고, 귀중한 분별은 쫓아

버린 이 문을 때려 부숴라! (안을 향해) 자 다들 가자. (기사들
과 켄트 퇴장)

올버니 저는 전혀 죄가 없습니다. 무엇 때문에 역정을 내시는지
모르겠습니다.

리어 왕 그럴지도 모르지. 자연인이여, 들어 보십시오! 여신이
여, 들으소서! 만약 저 인간의 몸에서 자식을 낳게 할 뜻을 가
지셨다면 그 뜻을 거두십시오. 제발 이년의 배는 자식을 가지
지 못하게 하소서. 이년의 몸 속에 있는 생식의 힘을 말려 버리
고, 그 타락한 육체에는 어미로서의 명예가 되는 자식을 낳지
못하게 하소서! 부득이 아이를 낳아야 할 때라도 가증할 자식
을 낳게 하고, 그 자식이 성장하여 부모에게 배반하고 일생 어
미의 고생의 씨가 되게 해주소서. 그애로 해서 젊은 이마에는
깊은 주름이 패고, 그 볼에는 눈물의 골이 패게 하소서. 자식을
생각하는 어미의 노고와 은혜는 죄다 모멸과 조소거리가 되게
해 주소서. 그리하여 부모의 은혜를 모르는 자식을 갖는 것은
독사의 이빨보다 무섭다는 것을 깨닫게 하소서! 비켜, 비켜!
(리어 왕 퇴장)

올버니 대체 어떻게 된 영문이오?

거너릴 당신은 몰라도 괜찮아요. 실컷 마음대로 떠드시라고 놔
두세요. 망령을 부리시는걸요.

리어, 광란해 가지고 다시 등장.

리어 왕 뭐냐, 내 시종을 단번에 50여 명이나 줄여? 2주일도 채
안 돼서?

올버니 대체 어떻게 된 겁니까?

리어 왕 그 이유를 말하지. (거너릴에게) 빌어먹을 것! 너 같은
것 때문에 대장부가 이렇게 흥분하여 우는 것은 창피하다. 너
때문에 뜨거운 눈물이 걷잡을 수 없이 흘러내리는구나. 너 같
은 년은 염병이나 걸려 뒈져라! 아비의 저주가 고칠 수 없는 상
처가 되어 네 몸 구석구석에 파고들어 영영 고칠 수 없는 상처
가 되거라! 노망한 눈아, 두 번 다시 이런 일 때문에 울면, 너
를 뽑아서 헛되이 흘리는 눈물과 함께 던져서 땅이나 적시게
하겠다. 아, 어쩌다 내게 이런 망신살이 끼쳤을까? 아아! 상관
없다. 내게는 또다른 딸이 있어. 그애는 반드시 친절하게 위로
해 줄 것이다. 네가 이렇게 하는 것을 들으면 그애는 너의 이리
같은 낯짝을 손톱으로 할퀴어 놓을 것이다. 두고 봐라. 너는 내
가 영원히 그 모습을 내던져 버릴 거라고 생각하고 있겠지만
나는 다시 예전같이 될 것이다. (리어 왕 퇴장)

거너릴 지금 보셨지요?

올버니 당신은 물론 내 소중한 아내지만 편파적으로 사물을 판
단할 수는 없소.

리
어
왕

거너릴 당신은 좀 가만히 계세요. 애 오스월드야, 애! (광대에게)
너는 광대라기보다 악당이다. 주인 따라 빨리 가라!

광 대 리어 아저씨, 리어 아저씨, 기다리세요! 광대를 데리고 가
요. (음송한다)

잡고 보니 여우가 아닌가
여운줄 알았더니 딸이 아닌가
냉큼 숨통을 끊어놔야 하는데
내 모자 팔아도 밧줄을 살 수 있어야지
그래서 나는 뒤따라 도망가오 (부산하게 사라진다)

거너릴 아버님한테는 좋은 충고가 되었지요! 기사를 백 명이나
두다니? 그야 안전한 방책이겠지요, 무장한 기사를 백 명이나
거느리는 것은, 글쎄 무슨 꿈만 꾸던가, 뜬소문, 공상, 불평, 불
만이 있으면 언제든지 그 사람들을 방패삼아, 망령기를 옹호하
고, 우리들의 생명을 제압할 수 있을 테니 오스월드야, 거기 없
느냐?

올버니 그건 너무 지나친 염려가 아닐까?

거너릴 과신하는 것보다는 안전하죠. 해를 입지 않을까 하고 언
제나 두려워하는 것보다 걱정거리가 되는 위험물을 제거해 버
리는 게 상책이예요. 아버지의 속셈은 들여다보여요. 아버님이

하신 말을 편지로 동생에게 알려 주기로 했어요. 만일 그렇게 설명해도, 동생이 노인과 시종 백 명을 부양한다면…… (오스월드 등장) 오스월드, 어떻게 되었니? 동생에게 보낼 편지는 되었냐?

오스월드 예, 다 되었습니다.

거너릴 함께 갈 몇 명을 데리고 곧 말을 타고 떠나요! 동생에게 내가 특별히 걱정을 하고 있는 점을 샅샅이 이야기해요. 그것을 더욱 신빙성 있게 하기 위해서라면 당신의 생각으로 적당히 보충해도 괜찮아. 어서 떠나요. 그리고 속히 돌아와요. (오스월드 퇴장) 안 돼요, 당신의 미지근하고 친절한 방법은 대체로 나쁘다고 말할 수는 없지만, 그래도 세상은 당신의 방법을 온건하다고 칭찬하기보다는 분별이 없다고 비난할 거예요.

올버니 당신의 선견지명이 어디까지 맞을지 의문이구려. 잘하려고 서두르다가 오히려 나쁘게 되는 일도 종종 있으니까요.

거너릴 아니에요, 그렇다면…….

올버니 좋소, 좋아. 결과를 한번 두고 봅시다. (두 사람 퇴장)

리
어
왕

제5장

같은 저택의 뜰 앞

리어 왕, 켄트, 광대 등장.

리어 왕 (켄트에게) 너는 이 편지를 가지고 콘월 공작에게 가거라. 딸이 편지를 읽고 나서 묻는 말 이외에는 네가 아는 이야기는 하지 말아라. 빨리 가지 않으면 내가 먼저 도착하고 만다.

켄 트 이 편지를 전할 때까지는 한잠도 자지 않겠습니다. (켄트 퇴장)

광 대 사람의 두뇌가 발뒤꿈치에 있다면 터져서 피가 날 염려가 없을까?

리어 왕 그럴 수 있지.

광 대 그럼, 안심하세요. 당신이 지혜를 가졌다면 슬리퍼를 신고

가지는 않을 거니까요.

리어 왕 핫하하!

광 대 두고 봐요. 당신의 다른 딸도 천성대로 대해 줄 테니. 말하자면 두 분 자매는 능금과 사과처럼 보기에도 닮았지요. 이래 봬도 우리는 알 것은 알고 있지요.

리어 왕 대체 네 놈이 뭘 알고 있다는 거야.

광 대 능금 맛이 다 같듯이 두 따님은 초록이 동색이죠. 왜 사람의 코가 얼굴 한가운데에 있는지 알아요?

리어 왕 모른다.

광 대 그야, 코 양쪽에 눈을 붙여 놓기 위해서죠. 그렇게 해서도 냄새를 맡지 못할 때는 눈으로 알아보게 하기 위해서죠.

리어 왕 내가 그 애한테 잘못했어.

광 대 굴은 어떻게 껍질을 만드는지 아세요?

리어 왕 몰라.

광 대 저도 몰라요. 하지만 달팽이는 왜 집을 가지고 있는지 아세요?

리어 왕 왜 그렇지?

광 대 머리를 감추려고 그렇죠 뭐. 딸들에게 집을 내주면 제 뿔을 감출 껍데기가 없어지는 걸요.

리어 왕 아비로서의 정을 잊어야지! 그처럼 딸을 생각한 인자한 아비였는데! 말 준비는 다 되었느냐?

광 대 얼뜨기 하인들이 준비하러 갔어요. 일곱 개의 별은 왜 일
      곱 개밖에 아니냐 하는 이유는 재미있거든요.

리어 왕 그야 여덟 개가 아니니까 그렇지.

광 대 거 명답이야. 당신도 이제는 한 광대가 될 수 있겠는 걸.

리어 왕 (번민하며) 강제로라도 다시 뺏어야지! 배은망덕한 놈!

광 대 아저씨, 당신이 내 광대라면 미리 늙어 버린 죄로 당신을
      때려 주었을 걸.

리어 왕 그건 무슨 소리냐?

광 대 똑똑해지기 전에 늙어 버리면 안 되잖아요.

리어 왕 (또다시 번민하며) 아, 하느님, 제발 제 정신을 갖게 해
      주십시오. 미치광이가 되고 싶지는 않으니까!

      기사 한 사람 등장.

리어 왕 어떻게 되었느냐! 말이 다 준비되었느냐?

기 사 준비는 다 되었습니다.

리어 왕 애야, 가자.

광 대 (관객에게) 우리의 서글픈 출발을 히히덕대며 웃고 있는
      머저리 처녀들, 뭇사내의 사타구니가 모두 펑퍼짐해지면 모를
      까 처녀성 결단나는 것도 시간문제일 거다. (왕을 선두로 모두
      퇴장)

제2막

제1장

글로스터 백작의 저택

에드먼드, 큐런이 좌우에서 등장.

에드먼드 안녕하시오, 큐런.

큐 런 안녕하시오, 지금 춘부장을 뵙고, 오늘 밤 콘월 공작과 부인 리건이 이곳으로 오신다는 소식을 알려 드렸습니다.

에드먼드 어쩐 일일까요?

큐 런 글쎄 저도 모릅니다. 세상의 풍문 좀 들었어요? 쑥덕거리는 소문 말이오, 소문이래야 귀에다 대고……

에드먼드 아직 못 들었는데, 대체 무슨 소문인가요?

큐 런 쉬, 콘월 공작과 올버니 공작 사이에 전쟁이 날지도 모른다는 소문을 못 들으셨나요?

에드먼드 전혀 못 들었소.

큐 런 그럼 차차 듣게 될 거요. 안녕히 계시오. (큐런 퇴장)

에드먼드 공작이 오늘 밤 이곳에 온다고? 잘 됐다! 더없이 잘 됐어! 이것이 반드시 내 일에 도움이 되도록 해야지. 아버님은 형님을 체포하려고 파수꾼을 세워 놓았지. 그런데 내가 해치워야 할 골치아픈 일이 아직 한 가지 남아 있지. 그걸 빨리 실행해야 돼. 행운이여, 속히 날 도와 다오! 형님! 할말이 있어요! 빨리 내려오세요! 형님, 어서요!

리
어
왕

에드거 등장

형님! 아버님이 감시하고 있습니다. 자, 빨리 도망가세요! 형님이 여기 숨어 있는 것이 탄로났어요. 밤이니까, 잘 됐습니다. 형님은 혹시 콘월 공작의 험담을 하신 일이 없습니까? 오늘 밤 급하게 공작이 부인 리건과 함께 여기 오신답니다. 혹시 그분의 편을 들어 올버니 공작의 욕을 하신 일은 없습니까? 생각해 보세요.

에드먼드 그런 말을 한 적이 전혀 없는데.

에드먼드 아버님이 오시나 봅니다. 용서하세요. 형님께 칼을 빼들어야겠으니까요. 형님도 칼을 빼들고 방어하는 척하세요, 자 용감하게 싸우는 체하세요. (두 사람 칼을 뽑아 싸우는 흉내를 낸다. 에드먼드 큰 소리로) 항복해! 아버님 앞에 나와, 이봐, 횃불을 가져와! 여기는! (작은 소리로) 빨리 달아나세요. (큰 소리로) 횃불, 횃불이! 나타났습니다. (작은 소리로) 안녕히 가세요. (에드거 퇴장. 작은 소리로) 어서 잘 가세요. 피가 좀 나야 격렬하게 싸운 것같이 보일 겁니다. (자기 팔에 상처를 낸다) 주정꾼들은 장난으로 이것 이상의 짓도 하더군…… (큰 소리로) 아버님, 아버님! 안 돼요, 안 돼요! 거 누구 없느냐?

글로스터와 횃불을 든 하인들 등장.

글로스터 애, 에드먼드야, 그놈은 어디 있냐?

에드먼드 지금까지 여기 어둠 속에 서서 칼을 빼들고 괴상한 주문을 외며 달님더러 행운을 주는 여신이 되어 달라고 기도하고 있었습니다.

글로스터 그래서 어디로 갔냐?

에드먼드 보십시오, 이렇게 피가 납니다.

글로스터 그놈 어디 갔어, 에드먼드야?

에드먼드 이쪽으로 달아났어요. 형님은 아무리 일러도 도저히…….

글로스터 야, 쫓아가! 놓치지 마! (하인들 퇴장) 아무리 일러도 도저히 어떻다는 거냐?

에드먼드　아무리 일러도 도저히 아버님의 살해 의사를 번복시키지 못했어요. 하지만 저는 제 아비를 죽이는 자들에게는 복수의 신들이 벼락을 내린다고 설명하고 또 자식이 아버지께 입은 은혜는 광대무변하다고 설명했지요……. 그랬더니 자기의 무도한 계획을 제가 끝내 반대하는 것을 본 형은 갑자기 맹렬히 달려들어 무방비인 저를 습격하고 제 팔을 찔렀습니다. 그러나 저도 저의 정당함에 분기하여 지지 않고 분전했기 때문에 그랬는지, 또는 제가 큰 소리를 질렀기 때문에 놀라서 그랬는지 별안간 도망쳐 버렸습니다.

글로스터　제놈이 뛰어야 벼룩이지. 이 나라에 있는 이상 꼭 잡고야 말 테다. 잡히는 날에는 살려 두지 않겠다. 오늘 밤 내 주인이실 뿐만 아니라, 내 소중한 은인이신 공작께서 오늘 밤 이곳으로 오신다. 그분의 권위를 빌어 포고령을 내리겠다. 악한을 잡아서 끌고 오는 자에게는 상금을 주고, 그놈을 숨기는 자에게는 사형을 처한다고 말이다.

에드먼드　형님더러 그런 계획을 중지하도록 충고해 봤으나, 막무가내이기에 저는 심한 말로 계획을 폭로하겠다고 위협했지요. 그랬더니 형의 대답은 이랬습니다. "뭐 유산 상속도 못 받을 서자놈아, 내가 너를 몰아세우기라도 한다면 네가 아무리 신용이 있고 덕행이 바르고 유능한 인재기로서니 세상사람들이 네 말을 믿을 줄 아느냐? 터무니없는 이야기다. 그렇지, 내가

리
어
왕

63

아니라고 부정하는 날에는—물론 이것만은 한사코 부정하겠지만—설령 네가 내 필적을 증거로 내놓는다 하더라도 나는 그것을 전부 네놈의 교사로 꾸민 간계라고 뒤집어씌울 테다. 내가 죽으면 너한테 돌아오는 이익이 대단히 크기 때문에 그게 분명히 강력한 박차가 돼서, 나를 죽이려고 한다는 것을 세상이 모른다고 생각하면 너는 이 세상을 너무 얕본 거야"라고요.

글로스터 오, 지독하고 철저한 악당이구나! 그래 제 편지도 모른다고 해? 그런 놈은 내 자식이 아냐. (안에서 나팔소리) 저것봐, 공작의 나팔소리다! 왜 오시는지는 모르겠다. 항구란 항구는 모두 닫아 버리게 해야겠다. 그놈은 독안에 든 쥐야. 공작님이 그것을 허락해 주실 거다. 그리고 그놈의 초상화를 각처에 보내서 국내의 누구나 그놈 얼굴을 알아보게 해야지. 그리고 내 영토는 서출이지만 효자인 네가 상속받을 수 있게 해 주겠다.

콘월, 리건, 시종들 등장.

콘 월 웬일이오? 지금 막 여기 오니 이상한 소문이 들리니.

리 건 그게 사실이라면 그 죄인에게는 어떠한 엄벌을 주어도 부족해요, 어떻게 된 일인가요?

글로스터 아, 부인, 이 늙은이의 가슴은 터질 것만 같습니다.

리 건 뭐! 그럼 우리 아버님의 대자(代子)가 당신의 생명을 노렸 어요? 우리 아버님이 이름을 지어 준 그 에드거가요?

글로스터 아, 부인, 부인. 창피해서 말도 못하겠습니다.

리 건 그 사람 혹시 우리 아버지를 시중들고 있는 기사들과 한패 가 아니던가요?

글로스터 그건 모르겠습니다. 그러나 너무나 악독한 일입니다.

에드먼드 (리건에게) 그렇습니다. 형님은 그 사람들과 한패였습 니다.

리 건 그렇다면 그 사람이 그런 흉악한 생각을 갖게 되었다 해도 이상할 건 없습니다. 그 패예요, 그것들이 에드거를 충동해서 부친을 죽인 후, 재산을 가로채서 흥청거릴 속셈이었겠지. 실 은 오늘 저녁에 그들에 대한 자세한 소식을 언니한테 받았어 요. 만일에 그것들이 제 집에 와 묵겠다고 하면 차라리 집을 비 우고 딴 데 가 있으라고 타일러 줄 거예요.

콘 월 나도 집에 있지 않겠소, 부인. 에드먼드야, 이번에 아버지 께 효도가 극진했다더구나.

에드먼드 아니에요, 제 의무를 다했을 뿐입니다.

글로스터 저 애가 그놈의 흉계를 알아냈어요. 그리고 잡으려다 가 보시는 바와 같이 상처마저 입었지요.

콘 월 그놈을 추격 중인가요?

글로스터 예, 그렇습니다.

콘 월 한번 잡히기만 하면 다시 해독을 끼칠 우려는 없게 하겠소. 내 권력을 마음대로 이용해서 목적을 달성하도록 하시오. 에드먼드야, 네 효도의 미덕에 감동받았다. 당장 이 자리에서 너를 내 부하로 삼겠다. 내겐 너처럼 신뢰할 수 있는 부하가 필요해. 우선 너를 부하로 삼겠다.

에드먼드 부족한 점이 많습니다. 진심으로 충성을 다하겠습니다.

글로스터 저로서도 대단히 감사합니다.

콘 월 아직 모르시죠, 왜 우리가 이렇게 찾아왔는지를?

리 건 이렇게 어두운 밤에 밤길을 타서 온 것은 글로스터 백작, 좀 중대한 용건이 있어서 그런 것인데, 부디 당신의 좋은 의견을 들어 봐야겠어요. 아버님께서도, 언니께서도, 두 분 사이에 반목하게 된 이유를 편지로 보내 왔습니다. 나로서는 집을 떠나서 답장을 내는 것이 좋을 것 같아서 어느 쪽에나 사자는 여기서 보내려고 대기시켜 놨습니다. 당신의 낙심은 잘 알겠습니다만 우리를 위해서 필요한 충고를 해주세요. 그 충고를 당장에 좀 들어 봐야 되겠으니까요.

글러스터 잘 알았습니다. 두 분 모두 참 잘 오셨습니다. (나팔 소리, 모두들 퇴장)

제2장

글로스터 백작의 성 앞

켄트와 오스월드 좌우에서 등장.

오스월드 밤새 안녕하시오, 당신은 이 집에 사오?

켄 트 그렇소.

오스월드 어디다 말을 매는가요?

켄 트 진흙 속에다.

오스월드 제발 그러지 말고 좀 가르쳐 주오.

켄 트 싫소.

오스월드 그럼 내 멋대로 할 테다.

켄 트 당신을 립스버리 외양간에 처넣어 두면 그렇게는 못할 걸.

오스월드 왜 이렇게 잡아먹으려 하는 거지? 알지도 못하는 사람에게.

켄 트 이것 봐, 나는 너를 알고 있어.

오스월드 나를 어떻게 알아?

켄 트 불한당, 악한, 찌꺼기 고기나 먹는 놈이지 뭐야. 비열하고, 오만하고, 경솔하고, 거지 근성에, 1년에 세 벌밖에 옷을 못 얻어 입으며, 연수입은 백 파운드밖에 안 되고, 더러운 털양말이나 신는 악당. 겁 많고 얻어맞으면 소송을 거는 놈. 사생아, 거울이나 들여다보는 건달, 주제넘게 참견하는 놈, 옷 타박이나 하는 자질구레한 놈, 재산이라곤 가방 하나밖에 없는 종놈. 주인을 위한답시고 뚜쟁이 노릇이라도 불사하는 놈. 악한, 거지, 겁쟁이, 뚜쟁이, 이것들을 뒤섞어 놓은 놈. 잡종 암캐의 맏아들 놈. 지금 늘어놓은 이름을 하나라도 아니라고 부인만 해 봐. 깽깽거리도록 패 줄 테니.

오스월드 별 괘씸한 놈을 다 보겠네. 서로 알지도 못하는 사이면서 욕을 퍼붓다니!

켄 트 이 철면피 같은 종놈아, 그래 나를 모른다고 잡아떼! 국왕 폐하 앞에서 네놈을 딴죽걸어 넘어뜨린 것이 채 이틀밖에 안 돼. (칼을 잡는다) 칼을 빼라, 이 악한아! 밤이지만, 달이 밝으니 안성맞춤이다. 네놈의 피로 명월탕을 끓여 먹겠다. 이 천하고 야비한 사생아 놈아! 칼을 빼!

오스월드 저리 비켜라! 너와는 일이 없어!

켄 트 칼을 빼라! 이놈아! 국왕께 불리한 편지를 가지고 왔을 뿐
만 아니라, 저 허영 꼭두각시 편을 들어 국왕의 위엄에 해독을
끼치려는 놈. 칼을 빼라, 악당아, 국왕께 불충하는 자만에 빠진
꼭두각시의 편을 든 놈이다. 칼을 빼, 이 악당아. 칼을 빼지 않
으면 네 정강이의 살점을 저며 낼 테다! 칼을 빼! 자, 어서 덤
벼라!

오스월드 여, 사람 살리오! 살인이다. 사람 살리오!

켄 트 덤벼라, 이 노예 놈아! 맞서 봐라, 이 악당. 아! 맞서 봐.
이 능글맞은 노예 놈아! 덤벼라! (켄트가 오스월드를 때린다)

오스월드 사람 살려요! 살인이다! 살인!

에드먼드 장도를 빼어들고 등장.

에드먼드 웬 일이오? 웬 싸움이오? 이러지 마오!

켄 트 풋내기야, 소원이라면 내 상대해 주지! 자, 피맛을 좀 보여
주마. 이리 와, 젊은 양반!

글로스터, 콘월, 리건, 하인들 등장.

글로스터 무기를 가지고? 칼을 빼 들고? 대체 여기서 무슨 분란
이냐?

콘 월 생명이 아깝거든, 조용히 해! 그래도 싸우는 놈은 사형이다. 대체 무슨 일이냐?

리 건 언니가 보낸 사자와 아버님으로부터의 사자군요!

콘 월 왜 싸움질이냐? 말해 봐.

오스월드 저는 숨도 잘 쉴 수 없습니다.

켄 트 그야 그럴 테지. 있는 용기를 다 내셨으니까. 비겁한 악한아, 네 놈은 자연의 신이 만든 인간이 아니라 재단사가 만든 놈이야.

콘 월 이상한 소리를 하는구나, 재단사가 인간을 만들어?

켄 트 예, 재단사가. 석공이나 화가라도 이태만 배웠다면 저렇게 서툰 것은 만들지 않았을 겁니다.

콘 월 그런데 대관절 어떻게 싸움이 벌어졌느냐?

오스월드 저 늙은 놈의 흰 수염이 불쌍해서 목숨을 살려 주었더니……

켄 트 빌어먹을 놈! 있으나마나 하는 놈아! 나리, 만약 허락하신다면 이 방자한 놈을 밟아 부수어 석회를 만들어 그놈의 몸뚱어리로 변소간의 벽을 바르겠습니다. 늙은 놈의 흰 수염이 불쌍해서라고 이 뱁새 같은 놈이!

콘 월 여, 입 닥쳐! 짐승 같은 것, 여기가 어디인 줄 아느냐?

켄 트 예, 잘 압니다. 그러나 화날 때는 별문제입니다.

콘 월 왜 화가 났지?

켄트 명분도 모르는 저런 노예 놈이 칼을 다 차고 있으니까요. 저렇게 생글생글하는 놈은 끊을래야 끊을 수 없는 신성한 골육의 핏줄을 쥐새끼처럼 끊습니다. 저런 놈은 자기 주인 가슴 속에 부글거리는 부당한 감정에 아첨합니다. 불에는 기름을, 얼음 같은 마음에는 눈을 던집니다. 아니라고 했다가 그렇다고 하고, 단지 주인 기분 여하로 물총새의 주둥아리처럼 자유자재로 방향을 바꾸며, 개처럼 주인을 따라다니는 것밖에 모르는 놈입니다. (오스월드에게) 그 간질병자 같은 낯짝에 열병이나 내려라! 이놈이 내 말에 웃어? 나를 광대로 아나? 이 거위 같은 놈아, 만약 세이럼 벌판에서 너를 만났더라면 깩깩 울려서 캐메르트까지 쫓았을 것이다.

콘월 이 늙은 놈이 미쳤느냐?

글로스터 왜 싸움이 되었나? 그걸 말하게.

켄트 아무리 앙숙이라도, 저와 저 악당만큼 상극은 없습니다.

콘월 왜 악당이란 말이냐? 어디가 악당이냐?

켄트 저 낯짝이 마음에 안 들어요.

콘월 그럼 내 얼굴도, 저분 얼굴도, 내 처의 얼굴도 모두 네 마음에 안 들겠구나.

켄트 각하, 정직하게 말하는 게 제 직책입니다만 저는 이 순간에 제 앞에 보이는 누구의 어깨 위에 얹혀 있는 얼굴보다 훌륭한 얼굴을 본 일이 없습니다.

콘 월 이놈은 솔직하다고 칭찬을 받으니까, 우쭐해서 일부러 난폭한 짓을 하고 자기의 천성과도 맞지 않는 행동을 하는 놈이다. 아첨을 못한다고! 정직하고 솔직하니까, 사실을 말 안 하고 못 배긴다 말이지! 세상 사람들이 그것을 받아 주면 좋고, 안 받아 줘도 솔직히 할말은 한다는 거지. 이런 종류의 악당을 나도 알고 있어. 솔직함을 간판으로 내걸고 뱃속에는 흉측한 계획을 감추고 잇거든. 윗사람에게는 언제나 쩔쩔매고 굽실대면서 주인의 비위를 맞추는 패거리가 20명만 한꺼번에 덤벼도 당해 내지 못할 만큼 간악하고 흉측한 놈이야, 이런 놈은.

켄 트 공작님의 마음에 안 드는 거 같아 그저 제 말투를 바꿔 보았을 뿐입니다. 아시다시피 저는 아첨을 할 줄 모릅니다. 솔직을 가장한 말투로 공작님을 속이는 놈은 그야말로 진짜 악한입니다. 저는 그런 놈은 될 수 없습니다. 설사 역정을 내시든 공작님께서 애원하시든 말입니다.

콘 월 (오스월드에게) 그런데 뭣 때문에 저놈을 화나게 했지?

오스월드 저는 잘못이 없습니다. 며칠 전 저놈의 주인인 국왕께서 오해로 인해서 저를 때린 일이 있습니다. 그때 저놈이 한패가 되어 가지고 국왕의 역정에 비위를 맞추어 뒤에서 제게 다리를 걸었습니다. 제가 쓰러지자 의기양양해하며 저를 조롱하고, 마치 영웅이나 된 것같이 거들먹거리더군요. 폐하께서는 소인을 보기좋게 때려 눕혔다고 저자를 칭찬하셨습니다. 그런

장한 공명에 신명이 나서 다시 칼을 빼들고 제게 달려들지 뭡니까.

켄 트 비겁한 거짓말쟁이야, 이런 놈에 비하면 에이잭스의 자랑도 무색할 지경이다.

콘 월 족쇄를 가져오너라! 이 고집불통 늙은 악한, 나이 값도 못하는 허풍쟁이. 버릇을 가르쳐 주겠다.

켄 트 너무 늙어서 이제 배울 수는 없습니다. 족쇄는 사양하겠습니다. 저는 국왕의 시종입니다. 어명을 받고 여기 왔습니다. 그런 사람에게 족쇄를 채운다면 무엄하고 불경한 일일 뿐 아니라, 불손한 악의를 보이시는 것이 될 것입니다.

콘 월 빨리 족쇄를 가져오너라! 내 생명과 명예에 두고 엄명하는데 이놈에게 족쇄를 채워라.

리 건 정오까지요? 밤까지, 아니 밤새도록 채워 놓도록 하세요.

켄 트 부인, 제가 설령 국왕의 개라도 그런 학대는 부당하오.

리 건 아버님이 데리고 있는 악한이니까, 더욱 그래야지.

콘 월 이것이 언니 편지에 있는 바로 그 패거리다. 빨리 족쇄를 가져와. (하인들이 칼을 들고 온다)

글로스터 공작 각하, 제발 고정하십시오. 그놈의 죄는 크지만 주인인 국왕께서 응징하실 겁니다. 공작 각하의 처벌은 비열하고 비루한 악당들이 좀도둑질이나 그 밖에 흔해빠진 범죄 때문에 받는 처벌입니다. 국왕께서 사자가 그렇게 욕을 당하고 족쇄에 채인 것을 아시면 분명히 화를 내실 게 아닙니까.

콘 월 그 책임은 내가 지겠어.

리 건 그보다는 언니 일로 온 시종이 모욕과 치도곤을 당했다는 것을 알게 되면 언니야말로 몹시 심사가 꼬일 거예요. 저놈의 다리를 끼워! (켄트에게 족쇄를 채운다) 자, 가십시다. (글로스 터와 켄트만 남고 모두 퇴장)

글로스터 참 안되었구려. 공작의 뜻이니 어쩔 수 없어. 그분의 성질은 누구나 아다시피 아무도 말리거나 막을 수 없으니까요. 그러나 내가 한번 용서를 청해 보리다.

켄 트 그만두시오. 밤새 자지 않고 걸어왔으니까 잠이나 좀 자야 겠습니다. 잠에서 깨어나면 휘파람이나 불겠어요. 세상에는 착 한 사람이라도 운이 기우는 법이 있으니까요. 그럼 안녕히 주 무시오!

글로스터 이것은 공작님의 잘못이야. 국왕은 화를 내실 거야. (글로스터 퇴장)

켄 트 하늘의 축복을 버리고 염천으로 나간다……. 국왕은 이 격 언을 몸소 체험하셔야 하는군. 이 세상을 비추는 아침햇살이 여, 어서 오라. 네 빛의 도움으로 이 편지를 읽고 싶다. 뼈를 깎 는 고통을 겪지 않고서는 기적을 볼 수 없는 거지. 이것은 확실 히 코딜리어 님의 편지다. 내가 이렇게 변장을 하고 있다는 것 을 다행히도 알고 계시는 모양이구나. 시기를 보아서 이 난세로부터 나라를 구하고, 손실을 보상해 주실 모양이시구나. 아, 피곤한데다 잠을 못 자서 무거운 눈이여, 차라리 잘 되었다. 눈을 감으면 이 치욕의 잠자리를 보지 않게 되니. 운명의 신이여, 안녕. 후일 다시 미소를 보여 주고 행운의 수레바퀴를 돌려 다오! (켄트, 족쇄를 찬 채로 잠이 든다)

리
어
왕

제3장

별 판

에드거 등장.

에드거 내가 지명수배되어 있는 모양인데, 다행이 나무 구멍 속
에 숨어서 잡히는 건 면했다. 항구는 모두 봉쇄되고 나를 체포
하기 위하여 경계가 삼엄하고 엄중한 망이 쳐져 있다. 도망치
는 데까지 도망쳐서 생명을 보전해야지. 그럴려면 구질구질한
거렁뱅이 몰골로 지내야 한다. 가난은 사람을 능멸해서 짐승같
이 해놓는다던데, 내 모습이야말로 천하고 구차한 행색이어야
해. 얼굴에는 숯검정을 바르고 허리에는 남루한 걸레를 두르고
머리칼은 엉키어 매듭을 짓게 하고 비바람이나 추위에도 벌거
벗고 지내야겠다. 이 나라에서 베들레헴(정신병원)의 미치광이

76

거지들이 좋은 선례이다. 그들은 무서운 소리로 떠들며, 마비되어 무감각해진 자기 팔에 바늘, 나무, 꼬챙이, 못, 로즈마리의 뾰족한 가시 등을 꽂곤 하더군. 그리고 그런 무서운 꼴로, 구차한 농가나, 가난한 마을이나 양 우리나, 물방앗간 등을 찾아다니면서, 때로는 미친놈같이 저주도 해보고, 때로는 기도도 외며 동냥을 달라고 들볶더군. "불쌍한 거지 덜리고트, 불쌍한 거지 톰입니다!" 이렇게 하면 연명을 할 수 있겠지! 그러나 에드거면 안 되지. (퇴장)

리
어
왕

제4장

글로스터 성 앞

켄트는 족쇄를 찬 채로 잠들어 있다. 리어 왕, 광대, 기사 등장.

리어 왕 이상하군. 이렇게 갑자기 집을 비우고, 더욱이 내 사자
도 돌려보내지 않는 것은.

기 사 제가 들은 바에는 어젯밤까지도 별로 떠나시려는 의향은
없었다고 합니다. (켄트 잠에서 깨어나 족쇄에 채워진 채로 리어
왕에게 인사를 올린다)

켄 트 안녕하십니까, 폐하!

리어 왕 에잇! 그런 모욕을 당하고 있어도 재미로 아느냐?

켄 트 천만의 말씀입니다.

광 대 하, 하! 지독한 족쇄를 차고 있구나. 말은 머리를, 개와 곰

은 모가지를, 원숭이는 허리를, 사람은 다리를 묶이는군. 다리를 함부로 쓰면 나무 양말을 신기게 마련이지.

리어 왕 네 신분을 몰라보고 그렇게 한 놈이 누구냐?

켄 트 두 분입니다. 따님과 사위님.

리어 왕 그럴 리가 없지.

켄 트 안 그렇습니다.

리어 왕 아냐, 그럴 리 없어.

켄 트 제 말은 사실입니다.

리어 왕 아니야, 아니야, 그런 짓을 할 사람들이 아니야.

켄 트 아닙니다. 실제로 그랬습니다.

리어 왕 주피터 신에 두고 맹세하지만 그렇지 않아!

켄 트 주노 산에 두고 맹세하지만 그랬습니다.

리어 왕 그들이 감히 그럴 리가 없어. 하지도 못하겠지만 하려고도 안 할 거야. 국왕의 사자에게 감히 그런 난폭한 짓을 하다니, 살인보다도 더 괘씸한 것이다. 자세한 내용을 빨리 말해 봐라. 어째서 내 사자인 네가 이런 처벌을 받아야 했는지 또는 그들이 이러한 처벌을 가했는지 말이다.

켄 트 제가 이 저택에 도착해서 두 분께 국왕의 친서를 전하고 있을 때 무릎을 꿇고 있는 것이 의무인 자리에서 제가 채 일어나기도 전에 마침 사자 한 사람이 뛰어왔습니다. 그자는 하도 급히 달려오는 바람에 땀에 흠뻑 젖어서 숨을 헐떡거리며 자기

리
어
왕

의 주인 거너릴 님의 인사를 전하고 저를 제쳐놓고 편지를 내놓았습니다. 두 분은 그 자리에서 그것을 읽고 나서 별안간 하인들을 불러모으시고는 말을 타고 떠나 버렸습니다. 그리고 저보고는 "뒤따라 오라, 틈이 나는 대로 답장을 쓰겠다"라고 하시고, 싸늘한 눈초리로 노려보셨습니다. 그리고 여기 와서 다른 사자를 만났습니다. 글쎄 그 자식은 요전번에 폐하께도 무례하게 군 놈이었습니다. 저는 본래 분별보다는 기개를 가진 놈이어서 칼을 뺐습니다. 그랬더니 그 겁쟁이 놈이 비명을 지르며 이 집 사람들을 불러서 깨웠습니다. 폐하의 공작 내외분께서는 저의 죄가 이 정도의 창피를 받아 마땅하다는 것입니다.

광 대 겨울은 아직 지나지 않았구나. 들기러기들이 저리 날아가는 걸 보니. (음송한다)

아비가 누더기를 걸치면
자식들이 모르는 척하지만
아비가 돈주머니를 차고 있으면
자식들은 모두 다 효자
운명의 여신은 영락없는 유녀(遊女)라
구차한 사람에게는 문을 열지 않는다

하지만 당신은 따님들한테서 1년을 걸려서 헤아려도 다 헤아릴 수 없을 만큼 근심주머니를 얻게 될 것이오.

리어 왕 아, 이 가슴속에 분노가 치미는구나! 울화덩어리야! 꺼져라! 치미는 슬픔아! 너 있을 곳은 밑바닥이다! 이곳의 딸은 어디 있느냐?

켄 트 백작과 같이 안에 계십니다.

리어 왕 너는 따라오지 말고 여기 있어. (안으로 들어간다)

기 사 지금 말씀하신 것 이외는 절대 무례한 짓을 하지 않으셨습니까?

켄 트 전혀 하지 않았습니다. 그런데 국왕은 왜 이렇게 소수의 시종만 데리고 오셨습니까?

광 대 그런 것을 묻다가 족쇄를 차게 된 거라면 그런 벌은 받아도 싸지.

켄 트 뭐라고, 이 광대야?

광 대 개미에게 가서 배워, 겨울에는 일을 안하잖아. 코가 향한 쪽으로 곧장 가는 자들은 장님이 아닌 다음에야 눈으로 보고 가지. 그런데 아무리 소경이라도 썩은 냄새를 맡지 못하는 자는 한 사람도 없거든. 큰 수레바퀴가 언덕을 구를 때 붙잡고 있다가는 모가지 부러지기 십상이지. 그렇지만 큰 수레바퀴가 산에서 굴러내릴 때는 붙잡지 말아야 되지. 붙잡고 있으면 목이 부러지고 말 테니까. 하지만 그 커다란 수레바퀴가 올라갈 때

리
어
왕

는 뒤에서 끌려 올라가야 하지. 현명한 사람이 와서 이보다 더 좋은 것을 가르쳐 주면, 지금 내가 가르친 말은 돌려 줘. 이것은 악한 보고나 지키게 해야지, 광대가 한 충고니까.

봉공에 이해를 따지고
겉으로만 따르는 놈은
비가 오기 시작하면 보따리 싸고
폭풍우가 일면 너 혼자 남는다
나는 이대로, 광대는 그냥 있겠으니
똑똑한 놈은 달아나라
하인은 달아나면 바보가 되지만
광대는 절대로 악당은 안 되지

켄트 광대야, 너는 어디서 그런 것을 배웠느냐?
광대 바보같이 족쇄 차고 배운 건 아니야!

리어 왕, 글로스터를 데리고 등장.

리어 왕 면회 사절이라고? 국왕인 내게? 둘 다 병이 났다고? 피로하다고? 밤새 여행을 했다고? 순전히 구실이다. 그것은 부모를 배신하여 부모를 버리려는 징조다. 더 좋은 회답을 가지고 오너라.

글로스터　폐하, 아시다시피 공작은 성질이 불같은지라, 한번 이렇게 말하면 그만 요지부동입니다.

리어 왕　경을 칠 것! 염병이나 걸려라! 죽어 버려! 박살나 버려라! 성질이 불같아? 성질이 어째? 이봐, 글로스터, 글로스터! 내가 콘월 부부를 만나려고 하는 거야.

글로스터　네, 그렇게 말씀드렸습니다.

리어 왕　두 사람에게 말씀을 드렸다구? 너는 내가 하는 말을 알아듣고 있나?

글로스터　잘 알아듣고 있습니다.

리어 왕　국왕이 콘월 공작하고 할 이야기가 있는 거다. 아비가 딸하고 할 이야기가 있는 거다. 오라고 명령하는 거야. 이 말을 둘에게 전했느냐? 아, 숨도 피도 멈추어 버려라! 성질이 불같다고? 성질이 불 같은 공작이라고? 그 공작에게 이렇게 말 좀 전해라. 내가…… 아니야, 혹시 몸이 불편한지도 모르지. 건강한 사람이면 자진해서 하는 일도, 병이 나면 태만해지게 마련이거든. 피로 때문에 육체만이 아니라 정신까지도 고통을 받게 되면 우리는 본성을 잃게 마련이지. 음, 참자. 아파서 발작을 한 사람과 건강한 사람을 똑같이 생각하다니, 나는 성격이 너무 급한 편이지. (켄트를 보고) 내 권세도 땅에 떨어졌구나! 뭣 때문에 저 사람을 이렇게 해놓은 거냐? 이걸 보면, 공작 부부가 나를 멀리하는 것은 뭔지 흉계가 있는 게 틀림없어. 저 하인을 풀어 놓아라. 공작 부부에게 내가 할 얘기가 있다고 전해라. 자, 빨리 와서 내 말을 들어 보라고 해. 아, 나오면 침실 입구에 가서 북을 쳐서 쫓아내 버릴 테니.

글로스터 부디 화목하게 지내셨으면 좋겠습니다. (글로스터 퇴장)

리어 왕 아이고, 이 가슴! 복받치는 이 가슴! 진정해라!

광 대 아저씨, 그렇게 크게 야단만 치십시오. 점잖빼는 여편네가 뱀장어 국을 끓이려고 생 뱀장어를 밀가루 반죽에 넣을 때 같이. 기어 나오는 뱀장어 대가리를 때리며, "이놈아, 들어가, 들어가!" 하듯이 말이야. 말이 귀엽다고 사료에다 버터를 발라 준 자는 이 여자의 오라비였다나.

글로스터 안내로 콘월, 리건, 그 종자들과 등장.

리어 왕 내외가 다 잘 있었니?

콘 월 폐하께 인사 여쭙니다! (켄트를 풀어 준다)

리 건 폐하, 뵈오니 기쁩니다.

리어 왕 그렇겠지, 리건아, 당연히 그래야지. 만일 만난 게 기쁘지 않다면 네 어머니가 간부인 셈이니 그 무덤을 파내서 이혼해야 하겠지. (켄트를 보고) 오, 풀렸느냐, 그 문제는 나중에 얘기하고…… 리건아, 네 언니는 지독한 년이더라. 아아, 리건아, 그년은 불효라는 예리한 어금니로 독수리같이 여기를 물어뜯었다. (자기 가슴을 가리킨다) 말로는 설명할 수도 없다. 믿어지지 않을 거다. 얼마나 비열한 수단으로…… 아, 리건아!

리 건 제발 진정하세요. 언니의 진가를 오해하신 것이 아닌가 합니다. 언니가 효성을 소홀히 할 리가 없습니다.

리어 왕 그건 무슨 뜻이냐?

리 건 언니가 조금이라도 효도를 게을리했다고는 생각되지 않습니다. 혹시 언니가 아버님의 시종들의 난폭함을 막았다면 거기에는 충분한 근거와 정당한 목적이 있어 그런 거고, 언니에게는 잘못이 없다고 생각됩니다.

리어 왕 이 망할 년!

리 건 아, 아버님은 늙으셨습니다. 아버님은 고령이시고 기력도 얼마 안 남으셨으니까 자기보다도 사정을 더 잘 아는 분별 있는 사람에게 의지하고 그 지도를 따르셔야 해요. 그러니 제발 언니에게로 돌아가셔서 용서를 빌고 잘못했다고 말씀하세요.

리어 왕 그년에게 용서를 빌라고? 이것이 내게 지금 할 짓이란 말이냐? "아가씨, 나는 늙어빠졌습니다. 늙은이는 소용없지요. (무릎을 꿇으며) 이렇게 무릎을 꿇고 애원합니다. 부디 옷과 잠자리와 먹을 것을 좀 주십시오"라고 빌라고!

리 건 그만두세요! 그건 보기 흉한 장난이세요. 언니에게로 돌아

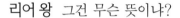

가세요.

리어 왕 (일어서면서) 절대로 가지 않겠다. 그년은 내 부하를 반으로 줄인데다, 눈으로 나를 무섭게 노려보고 독설을 휘둘러서 독사같이 이 가슴을 물어뜯었다. 하늘에 있는 모든 복수가 그 불효한 딸년 머리 위에 내려라! 하늘의 독기여, 그년의 아직 태어나지 않은 자식들에게 스며들어 절름발이로 만들어라!

콘 월 저런, 저런!

리어 왕 날쌘 번개야, 눈을 멀게 하는 네 번갯불로 오만한 그년 눈을 찔러 줘! 강렬한 일광에 뿜어 오르는 늪의 독기야, 내려와서 그년의 미모를 없애 놓고, 그년의 오만을 때려 부숴라!

리 건 아 무서워! 저렇게 내게도 악담을 하시겠지. 화를 내시면서!

리어 왕 아니다, 리건. 너를 저주하는 일은 절대로 없을 거다. 너는 본래 착한 부덕을 지니고 있으니까, 몰인정한 짓은 하지 않겠지. 그년 눈은 사납지만 네 눈은 상냥하고 불타지 않는다. 너는 내 악을 훼방하거나, 하인을 줄이거나, 꽥꽥 말대답을 하거나, 부양료를 깎거나, 그리고 끝내는 내가 찾아가는 것이 싫어 문을 잠그거나 하지는 않을 테지. 너는 인간의 본분이나, 자식된 책임이나, 예의범절이나, 은혜를 갚는 것들을 잘 분간할 거다. 내가 왕국의 반을 준 것을 너는 잊지 않았을 것이니까.

리 건 아버님, 이제 용건을 말씀하세요.

리어 왕 내 사자에게 칼을 채운 놈은 누구냐? (안에서 나팔소리)

콘 월 저 나팔소리는?

리 건 분명히 언니일 거예요. 편지로 알려 온 대로 벌써 오시는 군요.

오스월드 등장

리 건 공작 부인이 오셨소?

리어 왕 요놈, 여우 같은 놈, 변덕스러운 여주인의 총애를 믿고 우쭐해서 잘난 채 뻐기는 놈. 썩 물러가라, 종놈아, 꼴도 보기 싫다!

콘 월 왜 그러십니까?

리어 왕 내 하인에게 족쇄를 채운 놈은 누구냐? 리건아, 너는 아 니겠지.

거너릴 등장.

리어 왕 누구냐, 지금 오는 건? 아, 하늘이여! 늙은이를 가엾게 여기시고 당신의 높으신 지배가 효심을 가상하게 여기신다면, 또는 당신 자신이 늙으셨다면 부디 저를 보호해 주시고, 하늘 의 사자를 보내셔서 저를 도와주소서! (거너릴에게) 너는 이 수

염을 봐도 창피하지 않느냐? 오, 리건! 너는 그년의 손을 붙든
단 말이냐?

거너릴 손을 붙들어서 무엇이 나쁩니까? 제가 무슨 무례한 짓을
했습니까? 분별 없는 사람이 생각하는 무례, 망령난 분이 말하
는 무례, 그것이 그대로 죄다 무례일 수는 없어요.

리어 왕 아, 이 가슴아, 너는 어지간히 질기구나! 용케 터지지 않
는구나. 왜 내 하인에게 족쇄를 채웠어?

콘 월 제가 채웠습니다. 그놈의 무례한 행동은 한층 더한 처벌을
받아 마땅합니다.

리어 왕 뭣, 네가? 네가 했어?

리 건 아버님, 아버님은 연로하시니까, 연로하신 분답게 처신하
세요. 이제 돌아가셔서, 한 달이 지날 때까지 언니네에 계시다
가 시종들을 반으로 줄여 가지고 제게로 오세요. 저는 지금은
집을 떠나 있고 아버님을 모시려고 해도 필요한 준비가 돼 있
지 않습니다.

리어 왕 그년한테로 돌아가라고? 그리고 시종 50명을 내보내라
고? 싫다. 그보다는 차라리 두 번 다시 지붕 밑에는 살지 않겠
다. 늑대나 올빼미의 벗이 되어, 궁핍의 고통을 달래는 것이 낫
지. 그년한테 돌아가라고? 그년한테 갈 바에야 막내딸을 알몸
으로 데려간 저 맹렬한 프랑스 왕 앞에 무릎을 꿇고, 비천한 신
하처럼 연명할 연금을 얻어 쓰는 것이 낫지. 그년한테 돌아가

라고? 차라리 (오스월드를 가리키며) 구역질이 나는 저런 노예가 되라고, 짐말이 되라고 해라.

거너릴 그럼 마음대로 하세요.

리어 왕 (거너릴에게) 얘, 제발 나를 미치게 하지 말아라. 내 자식이지만 네 신세는 지지 않을 테다. 잘 있거라. 두 번 다시 만나지 않겠다. 다시는 서로 얼굴도 맞대지 않겠다. 하지만 너는 내 살과 피를 나누어 가진 딸이다. 아니, 내 살 속에 있는 병이지. 그래도 내것이라고 하지 않을 수는 없지. 너는 내 썩은 핏속에 생긴 종기다. 역병으로 생겼으며, 퉁퉁 부은 부스럼이다. 하지만 나는 너를 책망하지 않겠다. 오명이 올 때는 오더라도 내가 그걸 불러 오진 않겠다. 뇌성의 신보고 사살해 달라고 부탁하지도 않겠다. 숭고한 심판자 주피터 신께 너를 고발하지도 않겠다. 개심할 때가 오면 개심해라. 기회를 봐서 사람이 되어라. 나는 참을 수 있다. 나와 내 백 명의 기사는 리건과 있으면 돼.

리 건 그렇게는 안 됩니다. 저는 아버님을 기다리지 않았어요. 맞아들일 준비가 돼 있지 않아요. 언니 말을 들으세요. 그렇게 화를 내시는 걸 봐도 분별 있는 사람이면 노인이니까 하고 참을 거니까요. 언니는 자기가 하는 일을 잘 알고 있습니다.

리어 왕 너는 진정으로 그런 말을 하는 거냐?

리 건 예, 진정으로 하는 거예요. 시종이 50명이라고요? 그만하

면 됐지 뭐예요? 그 이상 둘 필요가 어디 있어요? 아니, 그것
도 많지요. 그렇게 많은 숫자라면 비용으로나 위험성으로나 보
통이 아닙니다. 한 집에 두 주인 밑에, 어떻게 그 많은 하인이
평화스럽게 지낼 수 있겠어요? 어려워요, 거의 불가능하지요.

거너릴 동생의 하인이나 제 하인을 부리면 안 되시나요?

리 건 왜 안 되시나요? 만일 하인이 불손하면 저희가 얼마든지
단속하지요. 만약 이번에 저의 집에 오시려면, 글쎄 그런 위험
성이 내다보이니까 말이에요, 제발 하인들을 25명으로 줄이세
요. 그 이상에게는 내줄 방도 없고 치닥꺼리를 해 줄 수 없으니
까요.

리어 왕 너희에게 모든 것을 주었는데…….

리 건 정말 적당한 시기에 잘 주셨습니다.

리어 왕 그리고 나는 너희 후견인으로 일체의 권력을 맡겼다. 그
대신 일정한 수의 시종을 꼭 둔다는 조건이었는데? 뭐 25명밖
에 안 된다고? 리건, 진정으로 그러는 거냐?

리 건 다시 한 번 말하겠어요. 그 이상은 절대로 안 되겠어요.

리어 왕 나쁜 것도 옆에 더 나쁜 것이 나타나면 좋게 보이게 마
련이지. 최악은 아닌 것이 다소는 가치가 있는 셈이 되고.(거너
릴에게) 네게로 가겠다.

거너릴 시종이 50명이든, 25명이든, 10명이든, 아니 5명이든
무슨 소용이 있어요? 집에는 그 갑절이나 되는 하인들이 있으

니까, 언제든지 아버님 시중을 들 수 있잖아요.

리 건 한 명도 필요 없을 것 아니에요?

리어 왕 오, 필요를 따지지 마라! 아무리 비천한 거지라도 아주 하찮은 물건일망정 여분을 가지고 있다. 자연이 필요 이상의 것을 인간에게 허용하지 않는다면, 사람의 생활은 짐승과 다를 것이 없다. 너는 귀부인이지. 그런데 만일 옷을 따뜻하게 입는 것이 사치라면 별로 따뜻하지도 않은데 네가 입고 있는 그런 사치스런 옷은 인간으로서 무슨 필요가 있단 말이냐. 내게는 인내가 필요합니다! 신들이여, 나는 이렇게 불쌍한 늙은이입니다. 슬픔은 가슴에 가득 차고 늙어서 어차피 불쌍한 신셉니다. 이 딸년들의 마음을 아비를 배반하게 하는 것이 당신의 뜻일지라도 내가 그걸 참고 견딜 수 있을 만큼 바보 취급은 하지 말아 주세요. 내게 의분을 일으켜 주십시오! 여자나 무기로 쓰는 눈물방울로 이 사내의 볼을 더럽히지 않게 해주십시오! 이 흉악한 마녀 같은 것들아! 반드시 복수를 하겠다. 두고 봐라, 온 세상이—꼭 할 테다—무엇을 할지 아직은 나도 모르겠다만 온 세상이 벌벌 떨게 할 테다. 네년들은 내가 울 줄 알지. 절대로 안 운다. 울 이유가 충분히 있지. (폭풍 소리) 하지만 이 심장이 몇 만 조각이 나 버리기 전에는 울지 않겠다. 이 광대야, 나도 미칠 것 같다! (리어 왕, 글로스터, 켄트, 광대 퇴장)

콘 월 자, 안으로 들어갑시다. 폭풍우가 일어날 것 같소.

리
어
왕

리건 이 집은 비좁아서 그 늙은이와 시종들이 다 들어갈 수 없어요.

거너릴 자업자득이지. 스스로 편한 것을 버렸으니까, 바보짓의 맛을 봐도 싸지 뭐야.

리건 아버님 한 분만이라면 기쁘게 환영해 드리겠는데 시종은 한 사람도 안 돼요.

거너릴 나도 그럴 결심이야. 글로스터 백작은 어디 갔을까?

콘월 그 늙은이를 따라갔소. (글로스터 돌아온다) 돌아오는군.

글로스터 왕께서는 대단히 노하셨습니다.

콘월 어디로 가셨소?

글로스터 말을 타고 계신데 어디로 가실지 모르겠습니다.

콘월 내버려 두는 게 좋아. 고집대로 하라고.

글로스터 아아, 밤은 오고, 사나운 바람이 몹시 불어옵니다. 이 근처 수마일에는 거의 덤불 하나 없습니다.

리건 아, 고집쟁이에게는 자업자득의 고생이 좋은 교훈이 돼요. 문을 모두 닫으세요. 아버님은 난폭한 시종들을 데리고 있어요. 그들이 아버님을 사주하여 무슨 짓을 하게 할지 몰라요. 그러니 경계해야 해요.

콘월 백작, 문을 닫으시오. 오늘 밤은 날씨가 험악하군요. 리건 말이 옳아. 자, 폭풍우를 피합시다. (모두 퇴장)

제 3 막

제1장

황 야

뇌성, 번개, 폭풍우, 켄트와 한 기사가 좌우에서 등장.

켄 트 누구냐? 이 험한 날씨에?

기 사 날씨와 같이 몹시 마음이 불안한 사람이오.

켄 트 당신이군요. 국왕은 어디 계시오?

기 사 폭풍우와 싸우고 계시오. 바람을 보고, 이 대지를 바다 속
　　　으로 날려버리던가, 소용돌이치는 파도가 육지로 밀려와서 천
　　　지를 뒤엎고 모든 것을 없애 버리든가 하라고 호통치고 계십니
　　　다. 자기의 백발을 쥐어뜯고 계시는데 맹목적으로 사납게 부는
　　　광풍은 국왕의 백발을 움켜잡고 조롱하고 있습니다. 그런데 사
　　　람의 조그만 몸을 가지고 극심한 폭풍우를 이겨내려고 발버둥

을 치고 계십니다. 젖을 다 빨려 버린 발광한 어미 곰도 숨어 있고, 사자나 굶주린 늑대는 비에 젖지 않으려고 하는 이 밤에 모자도 안 쓰시고 뛰어다니며 될 대로 되라고 외치고 계십니다.

켄트 하지만 곁에 누가 있지요?

기사 광대가 있을 뿐입니다. 그놈은 열심히 익살을 부려서 심장을 때려부수는 듯한 고통을 제거해 드리려고 애를 쓰고 있습니다.

리
어
왕

켄트 나는 노형의 인품을 잘 알고 있소. 그래서 당신을 믿고 중대한 일을 부탁하오. 서로 교묘하게 가면을 쓰고 있어서 아직 표면에 나타나 보이지는 않지만 실은 올버니 공작과 콘월 공작 사이는 금이 가 있소. 그렇지만 두 공작의 하인 중에는—운명의 별의 힘으로 왕위나 높은 지위에 오른 사람에게는 그런 것이 붙어 있게 마련이지만—겉으로는 충복인 척하면서도 비밀로 프랑스 왕의 간첩으로 우리 나라의 정보를 몰래 프랑스에 보내는 자가 있소. 그래서 그 정보가 탐지해 낸 두 공작의 알력이나 음모, 또는 착한 노왕에 대한 두 공작의 학대, 그뿐만 아니라 그 속에 숨겨진 무슨 깊은 비밀까지도 샅샅이 보고되고 있는 것이오. 아무튼 프랑스 군이 분열된 우리 나라를 공격해 오는 것이 확실합니다. 실제 그들은 우리가 방심한 틈을 타서, 몰래 우리 나라의 어떤 주요 항구에 이미 상륙하여 지금 당장에라도

진격해 올 태세요. 그러니 부탁이오. 나를 믿고 지금 곧 도버로
가서 국왕이 얼마나 학대받고 미칠 것 같은 비탄에 빠져 계시
는지를 정확히 보고해 주시면 당신의 노고에 보답할 사람이 있
을 것이오. 이렇게 말하는 나는 혈통으로나 가문으로나 어엿한
신사입니다. 당신에 대해서는 다소 알고 있고, 신원도 확인해
두었기 때문에 이 일을 부탁하는 것이오.

기 사 더 자세히 설명을 들려주셔야지요.

켄 트 염려 마시오. 내가 외모 이상의 신분이라는 증거로 이 돈
주머니를 드리다. 마음을 열고 자유의 편에 서 주시오. 만일
코딜리어님을 뵙거든—꼭 뵙게 될 것입니다만—이 반지를 보여
드리면 지금은 모르시는 이 사람이 누군지 말씀해 주실 거요.
무슨 비바람이 이렇게 심하담! 국왕을 찾으러 가봐야겠소.

기 사 악수를 합시다. 더 하실 말씀은 없소?

켄트 몇 마디만 더 하지요. 제일 중요한 것이요. 폐하를 만나거
든—당신은 저쪽으로 나는 이쪽으로 가서 찾읍시다—처음 만나
는 사람이 큰 소리를 질러서 신호를 하기로 합시다. (따로따로
퇴장)

제2장

황야의 다른 곳

폭풍우, 리어 왕과 광대 등장.

리어 왕 바람아, 불어라. 네 뺨이 찢어지도록 휘몰아쳐라. 폭포
수 같은 호우야, 억수 같은 폭우야, 쏟아져서, 높이 솟아 있는
첨탑을 침수시키고 첨탑 꼭대기에 달린 팔랑개비를 익사시켜
버려라! 외신의 뜻을 사념같이 빨리 미행하는 유황불이여, 참
나무를 내리쬐는 천둥의 선도자인 번갯불이여, 내 백발을 지져
라! 천지를 진동하는 뇌성이여, 둥근 지구를 때려 부수어 납작
하게 만들어라! 인간 창조의 모태를 부수고 배은망덕한 인간을
만드는 신을 당장에 쓸어 없애 버려라!

광 대 오, 아저씨, 비 안 맞는 집안에서 아첨하는 것이 밖에서 비

맞는 것보다도 나아요. 아저씨, 돌아가서 따님들더러 축복해 달라고 빌어요. 이런 밤은 똑똑한 놈에게나 바보에게나 동정하지 않으니까.

리어 왕 배가 터질 정도로 실컷 으르렁거려라! 불아, 타라! 비야, 쏟아져라! 비도 바람도 천둥도 번개도 내 딸은 아니다. 너희들을 불효라고 책망하지는 않겠다. 너희에게는 영토를 주지도 않았다. 너희를 내 딸이라고 부르지도 않았다. 너희는 내게 복종할 의무가 없어. 그러니 마음대로 무서운 짓을 하여라. 나는 너희의 노예다. 가엾고 무력하고 쇠약하고, 천대받는 노인이다. 그러나 나는 너희를 비굴한 첩자라고 부르겠다. 저 악독한 두 딸의 편을 들어서 이런 늙은이의 백발 두상에다 하늘의 군대를 끌고 오다니! 아, 너무나 매정하구나!(폭풍우 계속 격렬히 불어대고 있다)

광 대 머리를 넣어 둘 집을 가진 사람은 지혜 있는 사람이지.(음송한다)

머리 넣을 집도 없이 불알 넣을 바지가 있다면
머리나 불알에 이가 끓지
거지들은 그렇게 장가들지
마음속에 간직해 둬야 할 것을 발가락에 달고 다니면
아픈 티눈 때문에 잠을 못 자고

눈을 뜬 채 긴 밤을 세워야 되지

그렇지, 어떤 미인도 거울 앞에서는 입을 삐죽거려 보이거든

켄트 등장.

리어 왕 아니야, 나는 인내의 모범이 되어야지.

켄 트 누구냐?

광 대 왕과 바지에 불알 주머니가 달린 사람이다. 글쎄 똑똑한
사람과 바보 말이야.

켄 트 아이고 폐하, 여기 계세요? 밤을 즐기는 짐승도 이런 밤은
싫어하지요. 이렇게 처참한 번개, 이렇게 무서운 천둥, 이렇게
뒤끓는 폭풍우의 울부짖음……. 사람의 몸으로는 도저히 이런
고통이나 공포를 감당할 수가 없습니다.

리어 왕 우리 머리 위에 이렇게 무서운 혼란을 펼쳐 놓고 있는
신들이여, 이제는 진짜 적을 분간하십시오. 무서워서 떨어라,
너 비밀의 죄를 가슴 속에 안고 있으면서도 아직껏 정의의 회
초리를 받지 않고 있는 죄인아, 숨어 봐라. 너 살인자야, 너 위
증자야, 너 사음을 범하고도 근엄한 척하는 놈아, 손발이 떨어
지도록 덜덜 떨어 봐라. 교묘하게 남의 눈을 속여 사람을 모살
하려고 한 악당아, 심중에 깊이 숨어 있는 죄업들아, 너희들을

싸서 숨기고 있는 가슴패기를 찢고 나와서, 이 무서운 호출자에게 자비를 빌어라. 나는 네게 죄를 범했다기보다 침범을 당한 사람이다.

켄 트 아아, 모자도 안 쓰시고? 폐하, 근처에 오두막집이 있습니다. 누구 인정있는 사람이면 비바람을 피하시도록 빌려 줄 겁니다. 거기서 잠시만 쉬어 계십시오. 그동안 제가 그 인정 없는 집—석조지만 돌보다 찬 집, 조금 전에도 국왕을 찾았더니 들어오지 못하게 하던 집—그 집에 가서, 억지를 써보겠습니다.

리어 왕 내 정신이 이상해지기 시작하는구나. 애, 이리 오너라, 왜 추우냐? 나는 춥구나. (켄트에게) 네가 말한 그 짚자리는 어디 있느냐? 곤궁은 신기한 마술을 가졌거든, 천한 것도 귀한 것으로 반드시. 자, 그 움막으로 가자. 애, 광대놈아, 나는 마음 속 한 구석에서 너를 여간 불쌍하게 생각하고 있는 게 아니다.

광 대 (노래한다)

지혜가 모자라는 사람이라도 바람이 부는 날도
비 오는 날도 모두가 팔자소관이니라
날마다 비만 내리더라도

리어 왕 정말 그렇다, 애야. 자, 그 오두막으로 안내해라. (리어 왕과 켄트 퇴장)

광대 탕녀의 욕정을 식히기에는 좋은 밤이다. 나가기 전에 예언
을 하나 해야겠다.

신부가 말이 앞설 때

술장수가 물로 누룩을 망칠 때

귀족이 재봉사의 선생이 될 때

이교도 말고 기생 서방만 화형을 당할 때

소송이 죄다 정당하게 판결날 때

빚에 쪼들리는 향사 없고, 가난한 기사 없을 때

욕이 남의 혀에 오르지 않을 때

소매치기가 사람들 틈에 나타나지 않을 때

고리대금업자가 들에서 돈을 계산할 때

포주와 창녀들이 교회를 세울 때

그때는 잉글랜드 나라 천지에

큰 혼란이 일어나지

그때까지 살아 보면 알게 되겠지만

발은 걷는 데 쓰라는 것이지

이런 예언은 머린이 해야 되지, 나는 그보다는 전 시대 사람이
니까. (광대 퇴장)

리
어
왕

제3장

글로스터 백작의 저택

글로스터와 에드먼드, 횃불을 들고 등장.

글로스터 아아, 아아, 에드먼드야, 그렇게 의리도 인정도 없는
처사는 처음 봤구나. 연민으로 공작 부부께 애원하다가 나는
집을 몰수당해 버렸다. 그뿐 아니라 만약 다시 국왕 이야기를
하든지, 국왕을 위해서 탄원하든지, 또는 어떠한 방법으로든
국왕을 도우면 영원히 자기네 노기를 살 각오를 하라는 엄명이
내렸다.

에드먼드 지독하게 난폭하고 무도하군요!

글로스터 아서라, 아무 말 말아라. 두 공작 사이에 불화가 일어
나고 거기다가 더 불행한 일이 일어나고 있다. 오늘 밤 한 통의

밀서를 받았는데 이걸 입 밖에 내는 건 위험하다. 밀서는 안방에 자물쇠를 걸어서 감추어 두었다. 현재 국왕이 받고 계신 학대에 대해서는 철저한 복수가 있을 거다. 벌써 군대가 일부 상륙했어. 우리는 국왕 편을 들어야 한다. 지금부터 찾아가서 조심스럽게 도와 드려야지. 너는 가서 공작님을 상대해라. 나의 호의를 눈치채지 못하게 하기 위해서, 내 얘기를 물으시거든 몸이 불편해서 누워 있다고 해라. 이 일로 목숨을 잃더라도—사실 그렇게 위협당하고 있는데—오랫동안 섬겨 온 국왕이니 꼭 도와 드려야겠다. 에드먼드야, 무슨 일이 일어날 것만 같구나. 부디 조심해라. (글로스터 퇴장)

리
어
왕

에드먼드　당신의 금지된 충성을 공작에게 알려야지, 밀서 사건도 같이. 이건 큰 공적이 될 것 같다. 그러면 당신이 잃을 재산은 몽땅 내 차지가 되지. 젊은이가 일어서는 건 늙은이가 쓰러질 때다.

제4장

황야의 오두막집

폭풍우 속에서 리어 왕, 켄트, 광대 등장.

켄 트 여깁니다. 자, 들어가십시오. 암야의 들에서 이렇게 맹렬한 폭풍우를 사람으로서는 견디지 못합니다.

리어 왕 내 염려는 마라.

켄 트 들어가십시오.

리어 왕 내 가슴을 부수어 놓겠단 말이냐?

켄 트 차라리 제 가슴을 부수고 싶습니다. 부디 들어가십시오.

리어 왕 이렇게 몰아치는 폭풍으로 흠뻑 젖는 것을 너는 대단한 일로 알고 있군. 네게는 그럴 테지. 하지만 큰 병을 앓고 있으면 작은 병은 느껴지지 않는다. 곰을 보면 누구든지 도망치지만 앞에 파도치는 바다가 가로막고 있으면 이를 드러내는 곰에게 대적할 수밖에, 마음에 고민이 없을 때는 육체의 고통은 예민하게 느껴지지. 내 가슴속에는 폭풍우가 일어나고 있기 때문에 육체는 아무 감각도 없어. 이 가슴을 치는 놈 밖에는…… 불효자! 음식을 가져오는 자의 손을 입으로 물어뜯는 격이 아닐까? 실컷 응징해야지! 아냐, 이제 울지 않겠다. 이런 밤에 나를 내쫓다니? 억수같이 쏟아져라. 나는 참겠다. 이런 밤에? 아, 리건, 거너릴! 아낌없이 모두 준 늙고 인자한 아비를! 그것을 생각하면 미칠 것 같다. 그렇게 생각하지 말아야지! 그만두자.

켄 트 부디 어서 들어가십시오.

리어 왕 너나 들어가서 편히 쉬어라. 이 폭풍우 덕분에 몸에 해로운 일들을 돌이켜 생각해 보지 않아도 되겠구나. 하지만 들어가자, (광대를 보고) 들어가, 애, 먼저 들어가라. 집도 없는 가난뱅이…… 애, 먼저 들어가라. 이제 나는 세상에서 가장 가난한 자를 위하여 기도를 올리고 자겠다. (광대 들어간다) 헐벗고 불쌍한 가난뱅이들아, 지금 너희가 어디 있든지 이런 무자비한 폭풍우에 시달리며 머리를 넣을 집도 없고, 굶주린 배를 안고, 창문같이 구멍난 누더기를 걸치고 어떻게 이렇게 험한 날씨를 감당하겠느냐? 아, 나는 이제까지 너무도 무관심했다! 영화를 누리고 있는 자들이여, 이것을 약으로 삼아라. 폭풍우에 시달려 보고 가난뱅이들의 처지를 경험해 봐라. 그러면 넘

치는 것을 털어내서 남들에게 나눠 주고, 하늘의 도리는 우리
가 생각하는 것보단 공정함을 증명해 보일 수 있을 것 아니냐.

에드거 (안에서) 한 길 반이다, 한 길 반 물 속이다! 불쌍한 톰!

(광대 놀라며 움막에서 뛰어나온다)

광 대 들어가지 말아, 아저씨. 귀신이야. 사람 살려, 사람 살려!

켄 트 내 손을 붙들어. (안에다 대고) 누구냐, 거기 있는 건?

광 대 귀신이야, 귀신! 이름은 불쌍한 톰이래요.

켄 트 저기 짚자리에 앉아 중얼대는 놈은 누구냐? 이리 나와라.

미치광이로 가장한 에드거가 움막에서 나온다.

에드거 저리 가! 아, 악마가 쫓아온다! 가시 돋친 산사나무 덤불
속으로 찬바람이 분다. 흥! 악마야, 찬 잠자리로 들어가서 몸뚱
이를 녹여라.

리어 왕 너도 딸에게 다 주었느냐? 그래서 이 지경이 되었느냐?

에드거 누가 동냥을 좀 주시지 않겠습니까, 이 불쌍한 톰에게?
악마가 톰을 끌고 다닙니다. 불 속, 불꽃 속, 개울 속, 여울 속,
늪, 수렁 위로 끌고 다닙니다. 악마는 베개 밑에 칼을 넣어 놓
거나, 낭하에 목매달아 죽을 밧줄을 걸어 놓고 있습니다. 혹은
죽그릇 옆에 쥐약을 갖다 놓고 혹은 교만한 마음을 일으키게
하여 다섯 치밖에 안 되는 다리를 밤색 말로 건너게 하고, 반역

자를 잡는답시고 제 그림자를 쫓게 하고, 이런 것들도 그놈의 짓이야. 신의 가호로 당신은 회오리바람도 별의 독기도 받지 말고 악마에게 붙들리지도 마십시오! 불쌍한 톰에게 자선을 베풀어 주세요. 톰은 악마에 붙들려 있습니다. 자, 이번에는 꼭 악마를 붙들어야지! 여기—여기다—저기다. (여전히 폭풍우)

리어 왕 뭐야, 이놈도 제 딸 때문에 이 꼴이 되었나? 너는 네 몫을 아무 것도 남겨 놓지 않았느냐? 모두 주어 버렸느냐?

광 대 담요 한 장은 남겨 놓았군. 그래. 그것마저 주었다면 이쪽이 창피해서 못 볼 거야.

리어 왕 인간의 죄업 위에 떨어지려면 공중의 모든 독기가 네 딸들 위에 떨어져라.

켄 트 저 사람에게는 딸이 없습니다.

리어 왕 죽어라, 반역자야! 불효의 딸이 없고서야, 인간이 저렇게 망측하게 될 리가 있나. 버림받은 아비들이 저렇게 자기 육체를 무자비하게 취급하는 것은 요새 세상의 유행이냐? 당연한 벌이지! 제 아비의 피를 빨아먹는 펠리칸 딸을 낳은 것은 본래 이 살이었으니까.

에드거 필리콕 양반은 필리콕 언덕 위에 앉아 있군. 여기 여기!

광 대 이런 추운 밤에는 모두 바보나 미치광이가 될 거야.

에드거 악마를 조심하세요. 부모 얘기를 잘 듣고 약속을 꼭 지켜요. 함부로 맹세하지 말고, 남의 아내를 범하지 말고, 좋은 옷에 정신 팔지를 말아요. 톰은 춥다.

리어 왕 너는 전에 무엇을 했느냐?

에드거 이래봬도 여간 아닌 건달이었지요. 머리는 지지고, 모자에는 애인한테 받은 장갑을 달고, 주인 아씨 색정에 맞추어 주며 숨은 짓도 좀 하고요. 입만 열었다 하면 맹세를 하고는 하느님의 인자한 얼굴 앞에서 깨뜨려 버리고, 자고 있을 때는 성욕을 만족시킬 궁리를 하고, 눈을 뜨면 그것을 실행하고요. 술은 고래고, 노름에는 미치고, 여자에 있어서는 터키 왕을 뺨칠 정도로 호색이고요, 거짓말쟁이고, 귀는 얇고, 손은 잔인하고, 게으르기로는 돼지요, 교활하기로는 여우요, 욕심 많기로는 이리요, 미치광이 같기로는 개요, 잡아먹기로는 사자였지요. 구두소리가 나고 비단옷 스치는 소리가 난다고 여자에게 한눈을 팔아서는 안 됩니다. 갈보집에는 발을 들여놓지 말고, 악마는 쫓아 버리세요. 산사나무 사이로 찬바람이 불고 있군, 숨, 눈, 노니와 돌고래 이놈아! 자! 통과시켜 줘라. (폭풍우 계속)

리어 왕 너는 차라리 무덤 속으로 들어가는 게 낫겠다. 이런 맹렬한 비바람을 알몸뚱이로 대하고 있으니. 사람이 저자 꼴밖에 될 수 없느냐? 저자를 봐라. 너는 누에에서 비단도 얻지 못했고, 짐승에게서 가죽도, 양에서 털도, 사향도 얻지 못했구나. 하! 하! 여기 세 사람은 타락한 가짜들인데 너만이 진짜다. 옷을 벗으면 인간은 너같이 불쌍하고 발가벗은 짐승에 불과해!

벗어라, 버리자, 빌려 입은 이런 것들을! 애, 이 단추 좀 풀어
줘! (리어 왕, 옷을 벗으려고 몸부림친다)

광 대　아저씨, 좀 참아요. 오늘 밤은 날씨가 나빠 헤엄은 못 쳐
요. 넓은 벌판에 작은 불이 있어 봤자, 늙은이의 허영심 같은
거야. 조그만 불똥만 하나 있을 뿐, 몸뚱이 전부는 차디 차거
든. 저것 봐라, 불이 이쪽으로 걸어온다.

리
어
왕

글로스터 햇불을 들고 등장

에드거　이것은 악마 폴리버티지베트로구나. 저놈은 인경 칠 때
나타나서 첫닭 울 때까지 돌아다니거든. 우리를 삼눈장이 사팔
뜨기, 언청이로 만드는 것은 저놈의 짓이야. 밀 이삭을 썩히고,
흙속의 지렁이를 골리는 것도 저놈의 짓이야.

마귀 쫓는 성자가 벌판을 세번 가로질러 가다가 아홉 마리 부
하 가진 마귀 만났지. 성자는 못된 짓 하지 말라고 귀신을 맹세
시켰지. 그러니 마귀야 꺼져, 없어져.

켄 트　폐하, 왜 이러십니까?

리어 왕　저것은 누구냐?

켄 트　거 누구냐? 무엇을 찾느냐?

109

글로스터 거 누구냐, 너희는? 이름을 대라.

에드거 불쌍한 톰입니다. 이놈은 물에 노는 청개구리도 두꺼비도, 올챙이도, 도마뱀도, 도롱뇽도, 뭐든 먹습니다. 악마가 지랄을 하면 이놈도 화가 나서 푸성귀 대신 쇠똥을 먹고, 늙은 쥐나 하수구에 버려진 개도 삼키고, 웅덩이 물을 푸른 이끼째로 함께 마셔 버립니다. 이놈은 매를 맞고 마을에서 마을로 쫓겨 다니며, 족쇄를 차고 감옥에 갇히고 하는 놈인데, 이래봬도 옛말에는 윗도리를 세 벌, 셔츠를 여섯 벌 가졌던 놈입니다. 말도 타고, 칼도 차고 다녔지.

새앙쥐와 들쥐 등이 기나긴 일곱 해 동안 톰의 음식이었지.

나를 따라다니는 놈을 조심해. 가만 있어, 악마 스말킨아, 가만 있어, 이 악마야!

글로스터 아니, 폐하, 이런 놈하고 계셨습니까?

에드거 염라대왕은 신사지요! 그 이름은 모도라고 하는데 마후라고도 해요.

글로스터 폐하, 살과 피를 나눈 자식들까지 몹시 악독해져서 낳아 준 부모를 미워하는 세상이 되었습니다.

에드거 불쌍한 톰은 추워요.

글로스터 자, 가십시오. 저는 폐하의 신하로서 어찌 따님들의 무정한 명령에 복종할 수 있겠습니까. 제 성문을 닫고 비바람이 몰아치는 캄캄한 밤에 고초를 겪도록 모른 척하라는 엄명이 있었습니다만 신은, 폐하를 뵙고 따뜻한 불과 식사가 준비되어 있는 곳으로 안내해 드리려고 찾아왔습니다.

리어 왕 먼저 이 철학자하고 문답을 해보자. (에드거에게) 천둥은 어째서 생기느냐?

켄트 폐하, 저분의 말대로 하십시오. 그 집으로 들어가십시오.

리어 왕 나는 이 그리스의 학자와 한마디 해보겠다. 네 전문은 무엇이냐?

에드거 악마를 앞지르고 이를 잡는 게 전문입니다.

리어 왕 네게 가만히 한마디 물어 볼 것이 있다.

켄트 (글로스터에게) 한 번 더 권해 보시오. 실성하기 시작한 것 같습니다.

글로스터 어디 노왕 잘못이겠습니까? (여전히 폭풍우) 딸들이 노왕을 죽이려고 하니 말이오. 아! 그 훌륭한 켄트! 가엾게 추방당한 그 사람은 꼭 이렇게 되리라고 말했지! (켄트에게) 국왕이 실성하기 시작한 것 같다고 당신은 말하지만 실은 나도 미칠 것 같소. 내게도 자식 하나가 있었는데, 지금은 폐적했소. 그놈이 내 목숨을 노리잖았겠소. 최근, 아주 최근의 일이오. 나는 그놈을 세상의 어떤 아비보다도 극진히 사랑했지요. 실은 그 설움 때문에 나는 미치게 된 것 같소. 무슨 밤이 이럴까! (리어

111

왕에게) 부디 폐하…….

리어 왕 아, 용서하오. (에드거에게) 철학자 선생, 같이 갑시다.

에드거 톰은 추워요.

글로스터 (에드거에게) 이봐, 너는 그 오두막 속에 들어가. 그 속
에서 몸을 녹여.

리어 왕 자, 같이 들어가자.

켄 트 이쪽으로 오십시오.

리어 왕 아냐, 저 사람과 같이 가겠다. 나는 항상 저 철학자 선생
하고 같이 있고 싶으니까.

켄 트 (글로스터에게) 하자는 대로 봐 두시고, 저 사람을 데리고
가게 해 드리시오.

글로스터 저 사람은 당신이 데리고 가시오.

켄 트 (에드거에게) 이봐, 따라와. (일동에게) 다같이 갑시다.

리어 왕 자, 아테네에서 온 선생.

글로스터 조용히, 조용히. 쉿!

에드거 젊은 기사 롤랜드가 컴컴한 탑에 도착했을 때(음송한다)

탑의 주인 거인이 하는 말은

그전이나 다름없었다

"흐, 흥, 영국인의 피냄새가 나는군"이라나 (일동 퇴장)

제5장

글로스터의 거택

콘월과 에드먼드 등장.

콘 월 이 집을 떠나기 전에 기어코 복수하고 말 테다.

에드먼드 (비통해 하는 듯) 이렇게 부자지간의 천륜조차 굽히고 충성을 다했다는 소문이 퍼지겠지만 그것을 생각하니 두렵기만 합니다.

콘 월 이제야 알았다. 네 형이 아비의 목숨을 노린 것도 네 형의 흉악한 성질 때문만은 아니었구나. 아비에게도 비난받을 만한 약점이 있어서, 그것이 아들에게 살의를 일으키게 한 이유가 된 거로구나.

에드먼드 정당한 일을 하면서 후회하지 않으면 안 되는 제 운명은 얼마나 기구합니까. 이것이 아버지가 얘기하신 밀서입니다만 이것으로 보아 아버지는 프랑스 군을 돕는 첩자라는 것이 판명된 것입니다. 아, 아! 이런 반역이 없었더라면 좋았을 것을……. 또는 내가 밀고자가 되는 일이 없었다면 좋았을 것을!

콘 월 같이 공작 부인에게로 가자.

에드먼드 이 서면 내용이 사실이라면 공작께서는 대사건을 치러야 되시겠습니다.

콘 월 사실이든 아니든, 이제는 네가 글로스터 백작이 되었다. 부친의 거처를 빨리 알아내어 곧 포박할 수 있게 해라.

에드먼드 (방백) 잘 되었어. 국왕을 돕고 있는 장면이라도 발각되면 혐의는 더욱 더 짙어지는 거다. (콘월에게) 충과 효 사이의 갈등이 아무리 고통스럽더라도 저는 어디까지나 충성을 다할 각오입니다.

콘 월 나는 너를 신임하겠다. 그리고 부친 이상으로 너를 사랑하겠다. (두 사람 퇴장)

제6장

글로스터의 저택 부근 농가

글로스터와 켄트 등장.

글로스터 이래도 추운 바깥보다는 낫소. 감사합니다. 국왕을 좀
더 편안히 해드리기 위하여 최선을 다해 볼 생각이오. 곧 돌아
오리다.

켄트 국왕은 울화가 터져서 온통 분별력을 상실하셨습니다. 당
신의 친절은 참으로 감사합니다. (글로스터 퇴장)

리어 왕, 광대, 에드거 등장.

에드거 악마 프라테레토가 나를 부른다. 뭐, 네로 왕이 지옥의

호수에서 낚시질을 하고 있다고. (광대에게) 바보야, 기도를 하고 악마를 조심해라.

광 대 (리어 왕에게) 아저씨, 좀 가르쳐 주세요. 미친 놈은 서울 신사인가요, 시골 농부인가요.

리어 왕 왕이지, 왕이야!

광 대 아냐, 농부야. 그의 아들이 신사가 될 거야. 아들이 먼저 신사가 되게 한 것은 미치광이 농부지 뭐야.

리어 왕 수천의 악마들이 새빨갛게 달구어진 쇠꼬챙이를 들고 와서 그년들에게 덤벼들게 하자!

에드거 악마가 내 잔등을 물어뜯고 있어요.

광 대 늑대를 온순하다고 생각하고, 말을 병 없는 짐승이라고 믿고, 소년의 사랑이나 갈보의 맹세를 참말이라고 믿는 놈이 미친 사람이지.

리어 왕 그래, 그렇게 덤벼들게 하자. 곧 법정에서 심문하겠다. (에드거에게) 자, 박식한 재판장님은 이리 앉아요. (광대에게) 현명한 당신은 여기에, 그리고 요 암여우들…….

에드거 저기 악마가 버티고 서서 노려보고 있어요! 부인, 저것들이 재판을 구경하고 있는데, 괜찮습니까? (노래한다)

강 건너 이리 오라, 베시야

116

광 대 (노래한다)

배는 물이 샌다
그래도 말 못 한다
건널 수 없는 사랑의 강이기에

리
어
왕

에드거 악마가 꾀꼬리 소리가 되어 불쌍한 톰에게 달라붙어 있
어요. 악마 홉단스는 톰의 뱃속에서 흰 날청어를 두 마리 달라
고 야단입니다. 칭얼대지 마라, 시커먼 악마야! 네게 먹일 것은
없으니까.

켄 트 왜 그러십니까? 그렇게 멍하니 서 계시지 마십시오. 좀 누
우시고 자리 위에서 쉬시지 않겠습니까?

리어 왕 먼저 그년들을 재판해야지. 증인을 불러와. (에드거에
게) 법관복을 입은 재판장님, 참석하시오. (광대에게) 너는 동
료 재판장이니 그 옆 재판관 석에 앉아요.
(켄트에게) 너는 치안위원이다. 너도 참석해라.

에드거 공평하게 처리합시다. (노래한다)

잠이 들었느냐, 깨었느냐, 즐거운 목동아?
네 양이 보리밭을 망치고 있다
어여쁜 입으로 피리 불어도

117

양에게는 해롭지 않을 것을

야웅, 고양이도 쥐색이다

리어 왕 먼저 저년을 호출해, 거너릴 말이야. 여기 훌륭한 분네들 앞에서 맹세합니다. 이년은 자기 아비인 불쌍한 왕을 발길로 찼습니다.

광 대 이리 나와. 네가 거너릴이냐?

리어 왕 아니라곤 못 하지.

광 대 이거 실례했어. 잘 만들어진 걸상인 줄만 알았지.

리어 왕 여기 또 하나 있다. 저 비뚤어질 얼굴이 어떤 근성을 가진 여잔가를 잘 나타내고 있다. 붙잡아, 그년을! 무기를, 무기를! 칼을! 불을! 이 법정은 부패해 있군! 여, 부정한 재판관, 왜 저년을 놓쳤어?

에드거 신의 가호로 당신이 실성하지 마시기를!

켄 트 아, 가엾어라! 폐하, 그렇게도 여러 번 장담하시던 그 인내는 어디다 갖다 두셨어요?

에드거 (방백) 동정 때문에 눈물을 숨기지 못하겠는 걸.

리어 왕 강아지들까지도 죄다 나를 보고 짖어대는구나. 트레이나 브랜치나 스위트, 하트 같은 강아지까지도.

에드거 톰이 이 벙거지를 던져서 쫓아 드리지요. 저리가, 이 강아지들아!

입이 희든 검든

물면 이빨에 독이 있는 놈도

집개, 사냥개, 잡종개

염탐개, 발바리, 암사냥개, 경찰견

꼬리 없는 것도, 꼬리 달린 것도

톰이 낑낑 짖게 해줄 테다

이렇게 내 벙거지를 내던지면

개들은 뛰어서 도망쳐 간다

덜, 덜, 덜, 춥다. 자, 자, 출발이다. 밤에 벌어지는 잔치 자리
로, 시장으로, 불쌍한 톰아, 네 동냥바가지는 빈털털이다.

리어 왕 그럼, 리건을 해부해 주시오. 그년의 가슴속에는 뭣이
자라 있나 봅시다. 그런 냉혹한 마음을 만들어 내는 까닭이 자
연 안에 있단 말인가? (에드거에게) 얘, 너를 시종 백 명 중의
한 사람으로 등용하겠다. 다만 그 옷차림이 보기 흉하구나. 페
르시아 식이라고 할지는 모르지만, 그건 바꾸어 입어.

켄트 폐하, 누워서 잠깐 쉬십시오.

리어 왕 조용히 해줘. 커튼을 쳐라. 그렇게, 그렇게. 저녁 식사는
아침에 하지.

광대 그리고 나는 대낮에 자러 가야지.

글로스터 등장.

글로스터 (켄트에게) 여보, 이리 나오시오. 나의 주인이신 국왕
은 어디 계시오?

켄트 여기 계십니다. 하지만 조용히 하십시오. 정신이 올바르지
않으시니까요.

글로스터 어서 안아 일으키시오. 암살 음모가 있다는 소문을 들
었소. 들것이 준비되어 있소. 거기에 태워서 빨리 도버로 모시
고 가시오. 그곳에 가면 환영과 보호를 받을 것이오. 어서 국왕
을 안아 일으키시오. 반 시간만 지체하는 날이면 국왕의 목숨
은 물론, 당신의 목숨도, 국왕을 도와 드리려는 모든 사람들의
목숨까지도 틀림없이 달아나고 마오. 빨리 안아 일으키시오.
빨리. 그리고 나를 따라오시오. 여행에 필요한 물건들이 있는
곳으로 안내하겠으니.

켄트 피로에 지쳐 곤히 잠드셨군요. 이렇게 쉬어 계시면 지친
신경이 다시 치유될지도 모르겠으나, 형편상 휴식이 허락되지
않는다면 도저히 회복될 가망은 없습니다. (광대에게) 자, 도와
다오. 주인님을 안아 일으키자. 너도 뒤처져서는 안 돼.

글로스터 자, 자 갑시다! (글로스터, 켄트, 광대, 리어 왕을 안고
퇴장)

에드거 높은 어른도 우리들과 마찬가지로 신고를 당하는 것을

보니, 내 불행을 원망할 수는 없는 것 같구나. 남들이 안락하게 지낼 때, 자기 혼자만 고통을 받는 것이 가장 고통스럽지. 하지만 슬픔에도 동료가 있고 고통에도 동무가 생기면 마음의 고통도 견딜 수 있지. 지금의 내 고통도 가벼워지고 견디기 쉬워진 것 같다. 나를 굽히게 하는 것이 국왕의 고개도 수그리게 하고 있으니 말이다. 국왕은 딸들 때문에, 나는 아버지 때문에! 톰아, 물러가라! 귀족들간의 소동을 보고 있다가 때가 오면 나오너라, 네 명예를 더럽혀 준 오명이 설욕되고 원래의 신분으로될 날이 이제 반드시 올 거다. 오늘 밤 이 이상 무슨 일이 일어나도 제발 국왕은 무사히 피하시기를! 아, 숨자, 숨어. (퇴장)

리
어
왕

제7장

글로스터 저택의 방

콘월, 리건, 거너릴, 에드먼드, 하인들 등장.

콘 월 (거너릴에게) 급히 돌아가서, 부군께 이 편지를 보여 드리
시오. 프랑스 군이 상륙했습니다. (하인에게) 모반자 글러스터
를 찾아오너라.

리 건 당장 교수형에 처하세요.

거너릴 눈을 뽑아 버리세요.

콘 월 처분은 내게 맡기오. 에드먼드! 너는 처형을 모시고 가라.
모반자인 너의 부친에게 우리가 하는 보복을 네가 보는 건 좋
지 않다. 올버니 공작댁에 도착하거든 긴급히 개전 태세를 갖
추라고 전해라. 이쪽도 곧 준비를 하겠다. 둘 사이의 전령이 빨

리 왕래하면서 정보를 전달하도록 하겠소. 처형, 안녕히. 글로

스터 백작, 잘 가오.

오스월드 등장.

콘 월 어떻게 되었느냐? 왕은 어디 계시냐?

오스월드 글로스터 백작이 모시고 갔습니다. 서른 대여섯 명이

나 되는 왕의 기사들이 열심히 왕의 행방을 찾고 있었습니다.

그런데 성문 앞에서 만나, 백작의 하인 수십명과 합류하여 국

왕을 경호하고 도버를 향해서 가 버렸습니다. 거기에는 자기네

편 군대가 기다리고 있다고 호언하고 있었습니다.

콘 월 네 마님이 타고 가실 말을 준비해라.

거너릴 두 분 다 안녕히.

콘 월 에드먼드, 잘 가오. (거너릴, 에드먼드, 오스월드 퇴장) 모

반자 글로스터를 체포해 오너라. 강도같이 두 손을 결박해서

이리 끌고 오너라. (시종들 퇴장) 재판의 관례를 겪지 않고 사

형을 선포하는 것은 옳지 않은 일이지만 홧김에 권력을 휘두르

면 누구도 방해할 수는 없지, 비난하는 놈이 있어도.

하인들이 글로스터를 끌고 들어온다.

콘 월 누구냐? 반역자냐?

리 건 배은망덕한 여우! 바로 그놈이군.

콘 월 그 말라빠진 두 팔을 꽉 묶어라.

글로스터 무엇을 하시는 겁니까? 잘 생각해 보시오. 두 분은 저의 집 손님이 아니십니까? 부당한 처사는 하지 마십시오.

콘 월 여, 빨리 묶지 못하느냐. (하인들, 글로스터를 결박한다)

리 건 꽁꽁 묶어라. 오 더러운 반역자!

글로스터 잔인한 부인, 나는 반역자가 아니오.

콘 월 이 의자에다 묶어라. 이 악당아, 본때를 보여 주겠다. (리건은 의자에 묶인 글로스터 수염을 잡아 뽑는다)

글로스터 인자하신 신들께 두고 맹세하지만 수염을 잡아 뽑다니, 너무나 무도하오.

리 건 그래, 그렇게 흰 수염을 하고서 모반해?

글로스터 간악한 부인, 당신이 이 턱에서 뽑은 수염은 다시 살아나서 당신을 저주할 거요. 나는 이 집 주인이 아닙니까. 이 주인의 얼굴에다 날도둑같이 굴며 폭행을 하는 것은 너무 심하잖소. 왜 그러시오?

콘 월 이봐, 근자에 프랑스로부터 무슨 편지를 받았느냐?

리 건 솔직히 대답해, 증거를 잡고 있으니까.

콘 월 그리고 최근 이 나라에 상륙한 모반자들과 무슨 음모가 있었느냐?

리 건 미친 왕을 누구 손에 넘겨 주었는지 말해라.

글로스터 추측에 근거하여 씌여진 편지를 받긴 받았습니다만, 그것은 어느 쪽에도 속하지 않는 제3자로부터 온 것이고, 결코 적에게서 온 것은 아니오.

콘 월 간사한 것 같으니.

리 건 거짓말쟁이.

콘 월 국왕을 어디로 보냈어?

글로스터 도버로 보냈소.

리 건 왜 보냈어? 반역하면 목숨을 부지 못할 것이라고 엄명해 두지 않았어?

콘 월 왜 도버로 보냈어? 그걸 대답해 봐?

글로스터 곰같이 말뚝에 결박을 당해 있으니 개떼의 습격을 받고 말겠구나.

리 건 왜 도버로 보냈어?

글로스터 왜라뇨, 당신의 잔인한 손톱이 불쌍한 노왕의 눈을 뽑는 꼴이며, 흉포한 당신의 언니가 산돼지 같은 어금니로 이 신의 송유를 받은 육체를 쓰러뜨리는 것을 볼 수 없어서지요. 모친 폭풍우에다, 맨머리로 지옥 같은 밤의 어둠 속을 고생하셨는데, 그런 폭풍우에는 바다라도 하늘로 솟구쳐 올라가서 별의 광채를 꺼 버렸을 것이지만 가엾게도 왕은 오히려 비오는 것을 도우셨소. 그만 무서운 밤에 설사 늑대가 문전에 와서 짖더라도 "문지기, 문을 열어 줘" 해야 할 것 아닌가요. 맹수들도 연민을 아는 것을……. 하지만 두고 봐, 이런 딸들에게 반드시 천벌이 내릴 것이니.

콘 월 두고 보라고, 당치 않은 소리. (하인들에게) 얘, 그 의자를 꽉 붙들고 있어. (글로스터에게) 네 이 눈을 내 발로 짓밟아 주겠다. (글로스터의 한 쪽 눈을 뽑아서 땅에 내던지고 짓밟는다)

글로스터 오래 살고 싶은 사람은 나를 좀 도와주시오. 아, 너무하다! 아, 신들이여!

리 건 한 쪽 눈도 마저 빼 버려요!

콘 월 천벌을 보겠다고 했겠다…….

하 인 1 나리, 그러지 마십시오! 저는 젊었을 때부터 나리를 모셔 왔습니다만, 지금 이것을 말리지 않는다면 하인으로서 면목이 없습니다.

리 건 무엇이 어째, 이 개 같은 것이!

하 인 1 당신 턱에도 수염만 있다면, 이 시비로 수염을 잡아 흔들어 주겠는데.

리 건 뭐라고?

콘 월 이 종놈이? (칼을 빼 든다)

하 인 1 (칼을 빼 든다) 그럼 해 봅시다, 상대해 드리지요. 화를 낸 사람과 맞붙게 되었군.

리 건 (다른 하인에게) 칼을 이리 줘. 이 쌍놈이 감히 대들어?

(다른 하인이 준 칼을 받아 들고는 뒤에서 하인을 찌른다)

하 인 1 아이고, 치명상이다. (글로스터에게) 백작님, 남은 눈 하
나로 잘 아실 겁니다. 원수에게 입힌 상처를. 아이고! (죽는다)

콘 월 이제 아무것도 보지 못하도록 마저 뽑아 버려야지. 에잇
더러운 풀떡 같은 것! 자, 이래도 빛이 보이느냐? (글로스터의
눈을 마저 뽑아서 짓밟아 버린다)

리
어
왕

글로스터 온통 캄캄하고, 의지할 곳 없구나! 내 아들 에드먼드는
어디 있니? 에드먼드야, 네 효성의 불길을 죄다 일으켜서, 이
무서운 짓에 복수해 다오.

리 건 이 못된 반역자야, 너를 미워하는 아들을 불러 봐도 소용
없어. 네 모반을 밀고해 준 사람은 그 아들이다. 그는 너무도
선량해서 너 같은 걸 동정하지는 않는다.

글로스터 내가 어리석었구나! 그러면 에드거는 모략을 당했구
나. 자애하신 신들이여, 제 죄를 용서하시고, 그 애에게는 행복
을 내려 주십시오!

리 건 이놈을 대문 밖으로 밀어내라. 냄새를 맡아서 도버까지 가
라고. (하인들이 글로스터를 끌고 퇴장) (콘월에게) 왜 그러세
요? 안색이?

콘 월 상처를 입었소. 나를 따라오시오. (하인에게) 저 눈 없는
악한을 쫓아내라. 그리고 이 노예놈은 쓰레기통에다 던져 버려
라. 리건, 나는 출혈이 심하오. 때아닌 부상을 당했어. 나를 좀

부축해 줘요. (리건의 부축을 받아 콘월 퇴장)

하인2 내 무슨 나쁜 짓이라도 서슴지 않고 하겠다. 저런 것들이
행복하게 산다면.

하인3 저런 여자가 오래 살아서, 제 명에 죽는다면 여자들은 모
두 괴물이 될 거야.

하인2 저 노백작님을 뒤따라가서 어디라도 그분의 손을 끌고다
녀 달라고 미친 거지에게 부탁하자고. 미치광이 거지는 떠돌아
다니는 것이 본업이니까, 어디라도 모셔다 줄 수 있을 거야.

하인3 그게 좋겠어. 나는 헝겊과 달걀 흰자위를 가져다가, 저
피투성이 얼굴에 발라 드려야지. 하느님, 저분을 살려 주십시
오! (퇴장)

제4막

제1장

황야

에드거 등장.

에드거 하지만 그렇게 경멸당하고 있는 사실을 자신이 알고 있는 편이 낫다. 입으로만 아첨을 받고 속으로는 항상 조소당하는 것보다는. 곤궁에 빠지고, 운명에 버림받아 가장 천한 역경에 처하면, 항상 희망이 있고 두려운 것이 없어. 슬퍼할 것은 행운의 절정에서 몰락하는 경우다. 역경의 밑바닥에 떨어지면 다시 웃음이 돌아온다. 바람아, 불어라. 너는 보이지도 않는데 내 몸에는 느껴지는구나. 너로 말미암아 최악의 처지로 내동댕이쳐진 불쌍한 몸이지만, 네가 아무리 불어와도 이제는 무섭지 않다.

글로스터, 한 노인에게 이끌려 등장.

에드거 누가 오나 보다. 아버지시다. 남루한 사람에게 이끌려서! 아아, 세상. 이 세상아! 인연으로 인한 뜻하지 않은 일에 이 세상이 싫증나기에 사람들은 빨리 늙어서 죽고 싶은 거지.

노 인 아, 백작님, 저는 선대 때부터 80년 동안이나 하인 노릇을 해 온 사람입니다.

글로스터 비켜라! 부탁이다. 물러가라! 네가 도와준다 해도 내게는 소용이 없어. 오히려 너마저 화를 입는다.

노 인 그렇지만 길을 못 보시잖아요.

글로스터 나는 갈 길이 없으니까 눈은 필요 없어. 눈으로 볼 때는 오히려 넘어졌다. 사람이란 의지할 데가 있으면 방심하기 쉽지만 아무것도 없으면 오히려 조심하게 되는 법이지. 아, 내 아들 에드거! 속아넘어간 아비의 노기에 희생되었구나! 내 생전에 너를 한 번 만져 볼 수 있다면 나는 시력을 되찾은 것이라고 말하겠다.

노 인 (에드거에게) 누구냐? 거기 있는 사람은?

에드거 (방백) 아, 신이시여! "지금이 제일 비참하다"고 누가 말할 수 있겠소? 나는 전보다 더욱 비참해졌구나.

노 인 미친 거지 톰이구나.

에드거 (방백) 앞으로 더욱 비참해질지도 몰라. "지금이 제일 비참하다"고 할 수 있는 동안은 아직 제일 비참한 게 아니다.

노 인 이놈아, 어디를 가느냐?

글로스터 거지인가?

노 인 미친 놈이고 거지입니다.

글로스터 거지 노릇을 할 수 있다면 완전히 미치지는 않았겠군. 어젯밤 폭풍우 속에서 그런 놈을 봤어. 그걸 보고 사람도 벌레 같다는 생각이 들더군. 그때 언뜻 자식 생각이 떠올랐는데, 그때는 아직 나는 마음속의 노여움이 풀리지 않았어. 하지만 그 후 여러 가지 소문을 들었지. 장난꾸러기들이 파리를 다루듯이 신들은 인간을 다루거든. 신들은 장난삼아 우리 인간들을 죽이거든.

에드거 (방백) 대체 어떻게 해서 이렇게 되었을까? 슬픔에 빠져 있는 사람들을 상대로 광대 노릇을 해야 하는 건 가슴아픈 일이다. 그건 나도 화나고 상대에게도 화나게 하는 일이다. 안녕하십니까, 영감!

글로스터 저놈이 벌거벗었나?

노 인 그렇습니다.

글로스터 그럼, 자네는 돌아가게. 그리고 나를 위해서 한두 마일 따라올 생각이라면 옛정을 생각하여 돌아가 주게. 그리고 저 벌거숭이에게 입힐 옷을 갖다 주게. 나는 저놈에게 안내를 부탁하겠으니.

노 인 하지만 저놈은 미친 놈인데요!

글로스터 미친 놈이 장님의 길잡이가 되는 것도 시대의 역병 탓이지. 내가 하라는 대로 해. 싫으면 마음대로 하고. 어서 돌아가 줘.

노 인 제 옷 중 제일 좋은 것을 가지고 오겠습니다. 그 결과로 제게 어떤 재앙이 와도 괜찮습니다. (노인 퇴장)

글로스터 이봐, 벌거숭이!

에드거 불쌍한 톰은 추워요. (방백) 이제는 더 숨길 수가 없구나.

글로스터 애, 이리 오너라.

에드거 (방백) 그래도 안 숨길 수가 없어. (글로스터에게) 아, 큰일나셨어요. 눈에서 피가 나는데요.

글로스터 도버로 가는 길을 아나?

에드거 다 알지요. 담장이나 층층대나, 큰 문이나, 마도(馬道)나 인도(人道)나. 톰은 악마에게 놀라서 실성해 있어요. 양반댁 자제님, 당신은 악마에게 홀리지 않게 조심하시오. 가엾은 톰에게는 악마가 한꺼번에 다섯 마리나 달라붙어요. 오비디카트는 음란의 악마, 홉비디던스는 암흑의 악마, 마후는 도둑의 악마, 모도는 살인의 악마고, 프리버티지베트는 입을 실룩샐룩하는 악마로, 이 맨 마지막 악마 놈은 요새는 나인(內人)이나 시녀들에게 달라붙어 있어. 그럼 영감님, 조심하세요.

글로스터 애, 이 돈주머니를 받아라. 너는 천재(天災)를 달갑게

133

받고, 모든 불운을 참고 있구나. 내가 불행해지고 보니 그만큼 너를 행복하게 해주고 싶어졌다. 하늘이시여, 언제나 그렇게 처리해 주십시오! 남고 처질 만큼 가지고 있고, 포식하고, 신의 뜻을 자기의 노예인 양 생각하고, 자기가 느끼지 않는다 하여 남의 가난을 돌보아 주지 않는 자에게는 당장에 당신의 위력을 보여 주십시오. 그러면 분배는 과잉이 없게 고루되고 모두가 족하게 될 것이니까요. (에드거에게) 도버를 아나?

에드거 예, 압니다.

글로스터 그곳에는 절벽이 있는데, 높이 솟아 바다 쪽으로 돌출해 있는 그 꼭대기는 절벽으로 가로막힌 바다를 눈 아래 무섭게 내려다보고 있다. 그 절벽 앞턱까지만 데려다 다오. 그러면 내 몸에 지니고 있는 값진 물건으로 네가 참고 있는 가난을 구제해 주겠다. 그후로는 안내해 주지 않아도 좋다.

에드거 손을 이리 주십시오. 불쌍한 톰이 안내해 드리겠습니다.

제2장

올버니 공작의 저택 앞

거너릴, 에드먼드 등장.

거너릴 백작님, 어서 오세요, 그런데 웬일입니까, 우유부단한 우리집 양반이 도중까지 마중도 나오지 않으시고.

오스월드 등장.

거너릴 네 주인 나리는 어디 계시냐?

오스월드 안에 계십니다만, 딴사람같이 변해 버리셨습니다. 적군이 상륙했다고 전하니까 빙그레 웃으시기만 하고 부인이 돌아오셨다고 여쭈어도 대답은 "아아, 귀찮아" 하시며, "이야기가 정반대야" 하시곤 꾸중을 하셨습니다. 가장 싫어해야 할 것이 오히려 가장 마음에 들고, 가장 마음에 들어야 할 것이 오히려 울화증을 나게 하는 것 같습니다.

거너릴 (에드먼드에게) 그럼, 당신은 돌아가 주세요. 그 양반은 겁쟁이가 되어서 무슨 일을 대담하게 해내려고 하지 않아요. 보복해야 할 모욕을 받아도 모르는 체하는 사람인 걸요. 오는 도중 얘기한 일은 우리 희망대로 실현될 거예요. 에드먼드 님, 콘월 공작께로 돌아가세요. 급히 군대를 소집하게 해서 그 군대를 지휘하세요. 내가 대신 집에서 칼을 차고 남편 손에는 실감개를 쥐어 주겠어요. 이 심복의 하인으로 하여금, 우리 둘 사이의 연락을 맡게 하겠어요. 당신만 대담하게 용기를 내시면 머잖아 한 부인으로부터 명령을 듣게 되실 겁니다. (사랑의 기념품을 주면서) 이것을 지니세요. 아무 말 마세요. 고개 좀 수그리세요. 이 키스가 말을 한다면 당신은 하늘로 날아갈 듯한 기분이 되실 거예요. 아시겠지요. 그럼 안녕.

에드먼드 당신을 위해서라면 죽음도 불사하겠습니다. (에드먼드 퇴장)

거너릴 나의 사랑하는 글로스터! 원, 같은 남자라도 이렇게 다를까! 여자의 진심은 당신에게 바쳐질 거예요. 우리집 바보는 내 몸만 차지하고 있는 거예요.

오스월드 아씨, 나리께서 나오십니다. (오스월드 퇴장)

올버니 등장.

거너릴 전에는 제게 휘파람쯤은 불어 주셨지요.

올버니 오, 거너릴, 당신은 거친 바람이 당신 얼굴에 불어 붙이
는 먼지만도 못한 사람이오! 걱정이 되는 건 당신의 그 성질이
오. 자기를 낳아 준 부모조차 업신여기는 근성은 자기 본분을
지키고 있다고는 할 수 없소. 자기를 길러 준 어미 나무에서 그
가지인 제 몸을 찢는 여자는 반드시 시들어서 마침내는 땔감밖
에 못 되게 마련이오.

거너릴 듣기 싫어요! 그런 설교는 바보스러워요.

올버니 악한 자에게는 성인 군자의 가르침도 악하게만 들리게
마련이오. 더러운 것들은 더러운 것만 마음에 들지. 당신이 한
짓은 뭐요? 그것은 사람의 딸이 할 짓이 아니라 호랑이가 할
짓이지! 아버지를, 더구나 인정 많은 노인을 당신은 미치게 했
소. 쇠사슬로 목을 잡아매어 끌려다니는 곰조차도 그 어른의
손을 핥는 것을…… 그렇게도 잔인하고 그렇게도 창피한 짓이
어디 있단 말이오. 콘월 공작도 그것을 보고만 있지는 않을 거
요. 그 사람은 노왕에게 큰 은혜를 받고, 그 덕택으로 왕족이
된 사람이니까! 만일 하늘이 눈에 보이는 신령으로 하여금 이
런 흉악 무도한 자들을 당장에 응징하지 않으신다면 반드시 인
간들은 바다의 괴물들과 같이 서로 잡아먹고 말 것이오.

리
어
왕

137

거너릴 비겁한 사람! 뺨은 얻어맞기 위해 갖고 있고, 머리는 얻어터지기 위해서 달고 있는 사람. 이마에 눈이 달려 있으면서 창피와 명예를 분간하지 못하는 사람. 악인이 아직 죄를 범하기 전에 처벌되는 것을 보고 측은해하는 건 바보스럽다는 것도 모르는 사람. 고수(鼓手)는 어디 있어요? 프랑스 왕은 조용한 이 나라에 군기를 휘날리고 투구에 꽂은 깃털도 자랑스럽게, 이 평화로운 나라를 위협하기 시작하는데, 당신은 설교나 하기 좋아하는 바보같이 가만히 앉아서 "아아, 왜 이러는 거야" 하고 소리나 지르겠단 말이에요?

올버니 악마 같으니! 반성 좀 해 봐요! 진짜 악마도 당신 같은 여자의 탈을 쓴 악마보다는 무섭지 않지.

거너릴 정말 어리석은 바보 같으니!

올버니 여자로 둔갑하여 본성을 감추고 있는 악마 같으니, 창피를 안다면 당신의 본색이나 감추고 있어! 만일 홧김에 이 팔을 휘두르는 날에는 당신의 살과 뼈는 박살날 줄 알아. 당신은 악마지만, 여자 형태를 하고 있으니까 살려 둔다.

거너릴 어머! 그 용기 대단하시군! 흥!

리건의 사자 등장.

올버니 무슨 일이냐?

사 자 오, 공작님, 콘월 공작님이 돌아가셨습니다. 글로스터 님
  의 한 쪽밖에 없는 눈을 빼려다가 하인에게 찔려서.

올버니 글로스터의 눈을?

사 자 어릴 때부터 데리고 있던 하인이 동정에 못이겨 가로막으
  며 자기 상전에게 칼을 빼들었습니다. 그러자 공작은 노발하여
  달려들었고, 내외는 그를 찔러 죽였습니다만 그때 공작 자신께
  서도 치명상을 입었기 때문에 곧 세상을 하직하고 마셨습니다.

리
어
왕

올버니 그거야말로 하늘에는 우리들을 심판하는 신들이 계신다
  는 좋은 증거다. 이렇게 속히 인간 세상의 죄악을 응징하시는
  구나! 하지만 아, 가엾은 글로스터! 그래, 다른 쪽 눈을 마저
  잃으셨단 말이냐?

사 자 두 눈 다 잃으셨습니다. (거너릴에게) 이 편지는 답장이 시
  급하답니다. 아씨, 아우님의 편지입니다.

거너릴 (방백) 한편으로 생각하면 잘되었군. 하지만 동생이 과부
  가 되었으니 동생이 나의 에드먼드를 자기 곁에 두고 있어서는
  내 상상 속의 누각은 무참하게 넘어지고 남은 것은 내게도 가
  증스러운 인생이 아닐까. 그래도 생각에 따라서는 그다지 고통
  스런 소식은 아니야. (사자에게) 곧 읽어 보고 답장을 쓰겠다.
  (거너릴 퇴장)

올버니 글로스터가 눈을 뽑힐 때 그의 아들은 어디 있었느냐?

사 자 아씨를 모시고 이 댁으로 오셨습니다.

올버니 이곳에는 오지 않았는데.

사 자 곧 돌아가셨습니다. 돌아가실 때 도중에 만났습니다.

올버니 그분은 이 잔인한 소행을 알고 있느냐?

사 자 알다 뿐이겠습니까, 자기 부친을 밀고한 건 그분이었습니다. 자기 부친을 마음대로 처치하라고 일부러 그곳을 피하셨는데요.

올버니 글로스터여, 내가 살아 있는 한 국왕에게 바친 당신의 충성을 감사히 생각하고, 당신 눈의 원수를 갚아 드리겠소. (하인에게) 이쪽으로 오너라. 또 아는 것이 있으면 말해 봐라. (두 사람 퇴장)

제3장

도버 근처의 프랑스 군 진영

켄트와 기사 한 사람 등장.

켄 트 프랑스 왕이 왜 그렇게 갑자기 귀국하셨는지 그 이유를 아
시오?

기 사 본국에 두고 온 미결 문제가 있는데, 출진 후 갑자기 생각
이 나서, 그냥 두면 국가의 큰 사건으로 변할 우려가 있으니만
큼 부득이 귀국하셨습니다.

켄 트 누구를 총사령관으로 남겨 놓으셨소?

기 사 라파 각하를 남겨 놓았습니다.

켄 트 왕께서는 그 편지를 보시고 슬픈 표정을 하시던가요?

기 사 예, 그렇습니다. 왕비께서는 편지를 받아 들고 그 자리에

서 읽어 보셨는데, 이따금 눈물이 아름다운 뺨으로 줄줄 흘러 내렸습니다. 자신의 비탄을 잘 간직하는 훌륭한 여왕답게 보였습니다. 그러나 그 비탄은 반역자같이 왕비를 괴롭히는 것 같았습니다.

켄트 그럼, 그 편지에 감동되셨군요.

기 사 그러나 격렬한 정도는 아니었습니다. 자제하는 마음과 슬픔이 서로 누가 왕비를 가장 아름답게 하는가 보자고 다투고 있었습니다. 햇빛이 나면서 비가 오는 일이 있지요. 왕비께서 미소를 지으며 눈물을 흘리시는 모습은 흡사 그러했습니다. 그러면서도 더욱 매력적이었습니다. 그 아름다운 입술의 행복한 미소는 눈에 어떤 손님이 왔는지를 모르는 것 같고, 그리고 그 손님이 두 눈에서 떠나는 모습은 진주가 다이아몬드에서 떨어져 나가는 것 같았습니다. 정말 슬픔처럼 아름답고 희귀한 것은 없다고 할까요. 누구에게나 그렇게 잘 어울릴 수만 있는 거라면 말입니다.

켄트 무슨 말씀이 없었소?

기 사 예, 한두 번, 애절하게 "아버님" 하고 가슴에서 나오는 듯이 숨가쁘게 부르셨습니다. 그리고 우시면서 "언니들, 언니들! 여자의 수치예요! 언니들! 켄트! 아버님! 언니들! 아아, 폭풍우 속을? 밤중에? 자비는 이 세상에 없단 말인가!" 하시고는 그 별 같은 눈에서 맑은 눈물을 떨어내 버리고, 눈물로 울음을 억누르고 나서 혼자 가서 슬픔을 달래려고 자리에서 일어나셨습니다.

켄트 인간의 성질을 지배하는 것은 별들이야, 천상의 별들이야. 그렇지 않고서야, 한 부부 사이에서 이렇게 성질이 다른 자식들이 생겨날 리가 없어. 그후 만나 뵌 일은?

기사 없습니다.

켄트 이번 일은 프랑스 왕이 귀국하기 전이었소?

기사 아니오, 귀국 후였습니다.

켄트 실은 불쌍하고 비참한 리어 왕은 지금 이 도시에 계십니다. 이따금 정신이 드실 때는 우리들이 왜 이 도시에 와 있는지를 기억하시지만 따님과의 대면은 한사코 승낙하시지 않습니다.

기사 왜 그러실까요?

켄트 더할 나위 없는 치욕에 압도당하신 겁니다. 자신의 무자비함 때문에 부친으로서의 축복도 박탈하고 이국으로 추방하여 위험을 당하게 했을 뿐 아니라, 따님의 중대한 권리를 개같이 잔인한 다른 딸들에게 내주었으니…… 이런 일 저런 일로 예리하게 가책을 받으시고, 그 때문에 이를 데 없이 창피해서 코딜리어 왕비와의 대면을 회피하십니다.

기사 아아, 불쌍한 어른!

켄트 올버니와 콘월의 군대에 관해서는 얘기를 못 들었소?

기 사 벌써 출진했다고 합니다.

켄 트 그럼, 주인 리어 왕에게 안내를 하겠으니 시중을 들어 주시오. 나는 깊은 사연이 있어서 당분간 신분을 감추고 있어야 하지만 머지않아 신분을 밝히는 날에는 이렇게 나와 알게 된 것을 후회하지는 않을 것이오. 자, 같이 갑시다. (두 사람 퇴장.)

제4장

프랑스 군의 진영

고수와 기수들을 선두로 코딜리어 등장. 의사와 병정들이 뒤따라 등장.

코딜리어 아아, 분명 그분이 아버님이세요. 지금 막 만났다는 사람의 애기론 파도가 심한 바다같이 광란하여 큰 소리로 노래하고, 머리에는 무성한 현호색 꽃이며, 밭 이랑에 자라는 잡초·들우엉·독인삼·쐐기풀·들미나리아재비·들완두, 그리고 식료가 되는 곡식들 사이에 무성한 쓸데없는 잡초들을 모아서 쓰고 계셨대요. 곧 1중대의 병사를 풀어 우거진 들을 샅샅이 뒤져 가지고 이 눈앞에 모셔 오게 하시오. (장교 퇴장) 의술의 힘으로 아버님의 실성을 고칠 수 없을까요? 아버님을 치료해 주

는 사람에게는 이 몸에 지니고 있는 패물을 모조리 드리겠어
요.

의사 치료 방법이 있습니다. 사람의 생명을 양육하는 것은 안면
(安眠)입니다만, 폐하께서는 그게 부족합니다. 수면을 가져오
게 하는 약초는 여러 가지 있으니, 그 힘만 빌면 고민하는 마음
에도 편안한 수면이 찾아올 수 있습니다.

코딜리어 이 땅의 온갖 고마운 비약(秘藥), 아직 세상에 알려지
지 않은 모든 특효 약초가 내 눈물에 적셔 자라나서, 그 훌륭한
분의 고민을 치유하는 데 도움이 되기를! 빨리 찾아와요, 걷잡
을 수 없는 광기 때문에 분별이 없으시니 스스로 목숨을 버리
실지도 모르니까요.

사자 등장.

사자 아뢰옵니다! 잉글랜드 군이 이리로 진격해 오고 있습니다.

코딜리어 알고 있소. 요격할 태세는 다 되었소. 아, 그리운 아버
님! 이번 출진은 아버님을 위한 것입니다. 그래서 프랑스 왕은
울며 애원하는 저를 동정해 주셨어요. 엉뚱한 야심에 차서 거
사를 한 것은 아닙니다. 단지 자식으로서 진심으로 연로하신
아버님의 권리를 되찾아 드리자는 것뿐입니다. 얼른 목소리를
듣고 뵙고 싶어요! (일동 퇴장)

146

제5장

글로스터 저택

리건과 오스월드 등장

리 건 그런데 형부네 군대는 출진했어요?

오스월드 예, 출진했습니다.

리 건 그분 자신도 친히?

오스월드 예, 권유에 못 이겨서 겨우 출진하셨습니다. 언니 되시
는 분이 오히려 더 훌륭한 군인이시던데요.

리 건 에드먼드 님과 형부와의 사이에는 무슨 담화가 없었어요?

오스월드 예, 없었습니다.

리 건 언니가 에드먼드에게 보내는 편지 내용은 뭘까요?

오스월드 글쎄요, 모르겠습니다.

리 건 실은 그분은 중대한 일로 갑자기 떠나셨어요. 글로스터의
눈을 빼놨을 뿐 목숨을 살려 둔 것은 큰 실수였지. 그는 가는
곳마다 사람들의 마음을 자극하여 우리의 적으로 만들고 있어
요. 에드먼드 님이 떠난 것은 부친의 비참한 꼴을 보다못해 그
의 눈먼 목숨을 처치해 버릴 겸 적군의 실력도 정찰하기 위해
서일 거야.

오스월드 저는 이 편지를 들고 그분을 뒤쫓아가 봐야겠습니다.

리 건 우리 군대도 내일 출진하기로 되어 있어요. 하루쯤 묵었다
가세요. 도중이 위험하니까.

오스월드 그렇게는 안 됩니다. 이 일에 있어서는 공작부인의 엄
명이 계셨으니까요.

리 건 왜 에드먼드 님에게 편지를 쓴 걸까? 용건을 당신에게 구
두로 부탁해도 되지 않아요? 혹시 잘은 알 수 없지만 당신의
호의는 후하게 갚겠으니…… 그 편지를 좀 뜯어 보게 해주지
않겠어요?

오스월드 그것은 좀…….

리 건 다 알고 있어요, 당신의 주인 아씨는 남편을 사랑하지 않
아요. 확실히 그래요. 그리고 저번에 여기 왔을 때도, 에드먼드
님에게 이상 야릇한 눈짓이며 의미 심장한 표정을 보였어요.
누가 모를 줄 알아요. 당신은 우리 언니의 심복이지.

오스월드 제가요?

리 건 다 알고 말하는 거예요. 당신은 우리 언니의 심복이야. 다 알아요. 그러니 내가 하는 말을 명심해 둬요. 우리 주인은 죽었어요. 그리고 에드먼드 님과 나와는 약속이 다 되어 있어요. 그분은 당신 주인 아씨하고 결혼하는 것보다는 나하고 결혼하는 것이 편리해요. 이만큼 말하면 다 알겠지. 그분을 만나면 그 점을 얘기해 드려요. 그리고 당신 주인 아씨가 당신으로부터 그런 사정 얘기를 들을 때는 분별을 차리도록 당부해 줘요. 그럼 잘 가요. 만일 그 눈먼 모반자의 거처라도 알아내어 목을 베어 오는 사람은 출세는 따논 것이지.

리
어
왕

오스월드 제가 그 사람을 만나게 되면 좋겠습니다! 그러면 제가 어느 편인가를 보여 드릴 수 있으니까요.

리 건 잘 가요. (두 사람 퇴장)

149

제6장

도버 근처의 시골

글로스터의 손을 끌고 에드거 농부 차림으로 등장.

글로스터 언제쯤이나 그 언덕 꼭대기에 닿을까?

에드거 지금 그 언덕에 올라가고 있어요. 자, 이렇게 힘이 들지 않습니까?

글로스터 평지 같은데 그래.

에드거 무서운 비탈길이에요. 봐요, 파도 소리가 들리지 않습니까?

글로스터 아냐, 아무것도 들리지 않는데.

에드거 그럼, 눈의 아픔 때문에 다른 감각까지도 둔해졌나 봐요.

글로스터 하긴 그런지도 모르지. 그런데 네 음성이 달라지고 말

150

투도 이전보다 좋아진 것 같은데.

에드거 그건 잘못 아신 겁니다. 달라진 거라곤 입고 있는 옷뿐입
니다.

글로스터 말씨가 좋아진 것 같은데.

에드거 자, 여기입니다. 가만히 서 계십시오. 저 아래를 내려다
보니 무서워서 눈이 어찔어찔합니다! 중간쯤을 날고 있는 까마
귀나 갈가마귀는 크기가 딱정벌레만큼밖에 안 돼 보입니다. 절
벽 중턱에 매달려서 갯미나리를 따고 있는 사람이 있네. 참 위
험한 직업도 다 있군! 몸뚱이가 머리 크기만큼밖에 안돼 보이
는데요. 모래밭을 걷고 있는 어부가 모두 새앙쥐같이 작아요.
저기 닻을 내리고 있는 큰 배는 새끼 배만하게 보이고, 또 새끼
배는 부표 같아서 눈에 들어오지도 않는데요. 밀려오는 파도는
모래밭에 널려 있는 조약돌에 부딪치고 있으나 여기까지는 그
파도 소리가 들려오지 않아요. 이제 보는 것은 그만두어야지.
머리가 빙빙 돌고 아찔해서 거꾸로 곤두박질칠 것만 같은데요.

글로스터 네가 서 있는 곳에 나를 세워 다오.

에드거 손을 주십시오. 자, 이제 한 발짝만 내디디면 낭떠러지입
니다. 달님 어리는 천하를 다 준다 해도 여기선 못 뛰어내리겠
는데요.

글로스터 손을 놔라. 자, 돈주머니를 또 하나 주겠다. 이 속에는
가난뱅이 눈이 휘둥그레질 만한 보석이 있다. 요정이나 신의

리
어
왕

151

혜택으로 이것이 네게 복이 되기를 빈다! 멀찍이 저리로 가라. 내게 인사하고 물러가는 네 발소리를 들려 다오.

에드거 그러면 영감님, 안녕히 계십시오.

글로스터 고맙다!

에드거 (방백) 절망을 이렇게 우롱하는 것은 그걸 고쳐 주자는 것이지.

글로스터 (무릎을 꿇고) 아, 하늘의 신들이여! 저는, 세상을 하직하고 당신들이 보시는 앞에서 이 몸에 내려진 크나큰 고민을 조용히 털어내 버리겠습니다. 제가 고민을 더 참으며 거역하지 못할 당신들의 큰 뜻에 대하여 원망을 하지 않는다 하더라도 타다 남은 양초 심지와도 같은 지긋지긋한 이 육체의 잔해는 머지않아 타 없어지게 마련입니다. 에드거가 아직 살아 있다면 아, 그를 축복하여 주소서! 자, 그럼 잘 있거라.

에드거 이렇게 가고 있습니다. 안녕히 계십시오! (글로스터, 앞으로 몸을 던지고 기절한다) 사람이 목숨을 끊고 싶다고 생각할 때는 착각으로 보배 같은 생명을 실제로 잃은 일이 없지 않아 있지. 생각하던 곳에 실제로 와 있다고 한다면 아버님은 지금쯤 생각하실 힘이 사라져 버리고 말았을 거야. (큰 소리로) 살아계시나, 돌아가셨나? 여보세요, 노인! 여보세요! 안 들립니까? 말 좀 해 보세요! (방백) 정말 이대로 돌아가셨는지도 모르겠구나. 아니, 살아계시다. (큰 소리로) 당신은 누구시오?

글로스터 저리 가, 나를 죽게 내버려 둬.

에드거 대체 당신은 거미줄이오, 새털이오, 공기요? 그렇게 수십 길 낭떠러지에서 떨어졌으면 달걀같이 박살날 것 아니오. 그런데 당신은 숨을 쉬며, 체온이 있고, 피도 나지 않으며, 말도 하고 멀쩡하구려. 돛대 열 개를 이어도, 당신이 거꾸로 떨어진 높이만큼은 안 되오. 생명을 건진 것은 기적이오. 한 번 더 말을 해 보시오.

글로스터 대체 나는 떨어진 거냐, 떨어지지 않은 거냐?

에드거 이 흰 벽 같은 절벽의 꼭대기에서 떨어졌어요. 위를 쳐다보세요. 날카로운 소리로 노래하고 있는 종달새는 너무 멀어 보이지도 들리지도 않습니다. 자, 좀 쳐다보세요.

글로스터 아아, 보고 싶어도 내게는 눈이 없어. 불행한 놈은 죽음으써 불행을 면할 은전조차도 박탈당했다는 말입니까? 자살함으로써 폭군의 분노를 골탕 먹여 주고, 그 오만한 의도를 꺾을 수 있던 때는 그래도 다소는 위안이 되었는데.

에드거 부축해 드리지요. 자, 일어서시오. 됐어요. 어때요? 다리가 말을 잘 듣는가요? 설 수 있군요.

글로스터 설 수 있어, 운나쁘게도 다시 설 수 있단 말이야.

에드거 참 기적이군. 이 절벽 꼭대기에서 당신과 헤어진 자는 누구였습니까?

글로스터 비참한 거지였지.

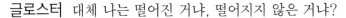

리
어
왕

에드거 여기 서서 쳐다보니 그놈의 눈은 두 개의 보름달 같고, 코는 천 개나 되며, 뿔은 꼬이고 파도치는 바다같이 꼬불꼬불한 것 같던데요. 그건 악마였어요. 그러니 당신은 운이 좋은 아저씨입니다. 무엇에나 공정하신 신들은 인간이 할 수 없는 일들을 해내심으로써 존경을 받으시는데 그 신들이 아저씨를 구해 주신 겁니다.

글로스터 그러고 보니 생각나는 게 있다. 이제부터는 고민이란 놈이 "충분하다, 충분하다" 하고 소리치고 뻗어 버릴 때까지 꾹 참아야지. 네가 말한 악마를 난 사람인 줄만 알았구나. 하긴 그놈은 여러 번 "악마, 악마" 하더라. 아무튼 그놈이 저곳까지 데려다 주었다.

에드거 심려하지 마시고, 진정하십시오.

야생초 꽃으로 관을 만들어 쓴 리어 왕 등장.

에드거 아, 누가 오는구나, 정신이 성하다면 저런 꼴은 안 할 거야.

리어 왕 내가 돈을 위조했다고 하더라도 너는 나를 체포하지 못한다, 나는 왕이란 말이다.

에드거 아, 저 모습, 가슴이 터질 것만 같구나!

리어 왕 그럼, 자연은 인공을 초월하거든. 자, 네 삯을 받아라.

저놈의 활 쏘는 솜씨는 허수아비 같아. 석 자 짜리 활을 쏴 봐! 이크, 생쥐다! 쉬, 쉬, 이 치즈 조각이면 미끼로는 안성맞춤이다. 자, 이 장갑을 주어라. 내 도전의 표시물이다. 상대가 거인이라도 이쪽 명분이 정당함을 증명해 보이겠다. 갈색 창을 들고 이리 나오너라. 아, 잘 날아가는구나, 매보다도 빠르군. 과녁에 맞았구나! 과녁에. 홋! 암호를 말해.

에드거 꽃박하.

리어 왕 통과.

에드거 저 음성은 귀에 익은 음성이다.

리어 왕 거너릴이구나, 흰 수염을 달고? 그것들은 개처럼 내게 알랑거리면서 내 수염은 검은 털도 나기 전부터 흰 털이 있었다고 그랬어. 내가 하는 말에는 뭣에나 덮어놓고 "네"라든가, 또는 "아닙니다" 하고 맞장구를 쳤겠다! 하지만 그 "네"도, "아닙니다"도 하늘의 이치에는 따르지 못했었지. 언젠가 비에 흠뻑 젖고, 바람에 이가 덜덜 떨릴 때, 천둥 보고 가만히 있으라고 해도 말을 안 들었어. 그때 나는 그것들의 정체를 냄새 맡았지! 쳇! 그것들의 말을 믿을 수가 없어! 그것들은 나를 만능이라고 했어. 새빨간 거짓말이지……. 나 역시 학질에 걸리지 않고는 못 배기지 않는가.

글로스터 저 말투를 나는 잘 알고 있지. 국왕이 아니십니까?

리어 왕 그렇다. 머리부터 발끝까지 어디로 보나 왕이다! 내가 노려보면 신들이 벌벌 떠는 꼴을 보라. 저놈의 목숨은 살려 주지. 네 죄목은 뭐냐? 간통이냐? 죽이지는 않겠다. 간통했다고 사형을 해? 안 될 말이지! 굴뚝새도 그 짓을 한다. 그리고 조그만 똥파리도 내 눈앞에서 음란한 짓을 하지 않는가. 얼마든지 하라고 해라. 실제 글로스터의 사생아는 엄연한 적출인 내 딸들보다 효자가 아니냐. 난장판으로 음란한 짓을 해라! 병사도 부족하다. 저기 선웃음을 치고 있는 부인 좀 봐라. 그 얼굴로 봐서는 가랑이 사이까지 눈같이 흴 것만 같고, 정숙한 체 시치미를 떼고 정사라는 말만 들어도 고개를 내젓지만 음란한 짓을 하는 데에는 암내 난 고양이나 풀을 실컷 뜯어 먹은 말보다도 이글이글 하지 않는가. 저것들은 반인반수(半人半獸)의 괴물이지. 허리 밑은 말이고 위쪽만 여자의 탈을 하고 있는, 단지 허리까지만 신의 영역이고, 그 밑은 죄다 악마의 것이지. 여기는 죄다 지옥이다. 암흑이다. 유황이 타고 있는 나락이다. 이글이글 탄다. 화상을 입는다. 악취가 코를 찌르고, 썩어 문드러지고 있어. 쳇, 쳇, 쳇! 퉤, 퉤! 여, 약장수, 사향 한 온스만 가져다 줘, 속이 메스꺼우니. 자, 돈은 여기 있다.

글로스터 아, 그 손에 키스하게 해주십시오!

리어 왕 우선 손을 좀 씻어야겠어. 시체 냄새가 나니까.

글로스터 아, 조화의 걸작은 파괴되었구나! 이 거대한 세계도 이렇게 무(無)가 되고 말겠지. 저를 알아보시겠습니까?

리어 왕 나는 그 눈을 잘 기억하고 있지. 네가 나를 곁눈질하는
거냐? 오냐, 실컷 음탕한 눈짓을 해 봐라, 눈 없는 큐피트야.
그래도 나는 여자에게 반하지는 않아. 이 결투장을 읽어 봐. 그
글씨체를 똑똑히 봐 둬.

글로스터 한자 한자가 태양같이 빛나더라도 제게는 한자도 보이
지 않습니다.

에드거 (방백) 전해 들었다면 도저히 믿어지지 않겠지만 틀림없
는 사실이다. 아, 내 심장이 터질 것만 같군.

리어 왕 읽어 보라니까.

글로스터 아니 껍데기밖에 없는 눈으로요?

리어 왕 어허, 그렇다면 말이지? 머리에 눈이 없고 주머니에 돈
이 없다? 그럼, 네 눈은 구멍이 뚫렸고, 주머니는 빈털털이란
말이지. 하지만 세상 돌아가는 꼴쯤은 볼 수 있을 테지.

글로스터 느낌으로 알아볼 수 있습니다.

리어 왕 뭐! 그럼 너는 미쳤구나? 눈이 없더라도 이 세상 돌아가
는 것쯤은 볼 수 있어. 귀로 보는 거야. 봐라, 저기 재판장이 미
천한 도둑을 야단치고 있지 않느냐. 귀로 듣는 거야. 두 사람이
자리를 바꾼다면 어느 쪽이 재판관이고, 어느 쪽이 도둑인지
가려내겠니?

글로스터 예, 본 일이 있습니다.

리어 왕 그런데 그 인간은 개를 보고 달아났지? 그게 권력을 가

진 자의 표식인 거야. 개라도 직책이랍시고 짖으면 사람이 복
종한다. 이봐, 썩어빠진 순경, 그 잔학한 손을 멈추어라! 왜 그
갈보를 매질하는 거야? 네 자신의 등을 치려무나. 갈보라 해서
매질하고 있지만 네 자신이야말로 계집을 사고 싶어 흥분하고
있지 않느냐. 고리대금업자가 사기꾼을 교수형에 처하는군. 누
더기의 뚫어진 구멍으로는 조그만 죄악도 들여다보이지만 법복
이나 털가죽 댄 외투면 모든 것이 다 감추어진다. 죄악에다 금
으로 만든 갑옷을 입혀 봐. 법의 날카로운 창도 들어가지 않고
부러진다. 누더기로 싸면, 난쟁이의 지푸라기라도 뚫린다. 죄
지은 사람은 없어. 한 사람도 없어, 없는 거야. 내가 보증할 테
야. 내 얘기 좀 들어 봐. 나는 고소인의 입을 틀어막을 권리를
가지고 있는 사람이야. 그대는 유리 눈이라도 해 박지. 그리고
비열한 모사꾼처럼 보이지 않는 것도 보이는 척해 봐. 자, 자,
자, 자! 내 장화를 좀 벗겨 줘. 세게, 더!

에드거 (방백) 이치에 맞는 말과 맞지 않는 말이 뒤섰여 있군!
광기 속에도 이성이 들어 있군!

리어 왕 내 불행을 울어 주겠다면 내 눈을 주겠다. 나는 너를 잘
안다. 네 이름은 글로스터지. 너도 참아야 한다. 우리는 울면서
이 세상에 태어났어. 너도 아다시피 우리가 처음으로 이 세상
의 공기를 마실 때 으앙 하고 울지 않아? 네게 일러 주겠으니,
잘 들어 둬!

글로스터 아, 슬프다!

리어 왕 우리들이 태어날 때 바보들만 있는 이 큰 무대에 나온 것이 슬퍼서 우는 거야. 이건 모양이 좋은 모자다. 한떼의 기마(騎馬)에게 신을 신겨 주는 것은 기막힌 술책이지. 나도 한번 시험해 봐야지. 그리고 이 사위놈들을 살그머니 습격할 수 있으면 사정없이 죽여, 죽여라. 죽여아, 죽여라!

기사, 시종들을 데리고 등장.

기사 오, 여기 계시군! 붙잡아요. 폐하, 공주님께서…….

리어 왕 아무도 날 구원해 주는 사람은 없나? 뭐, 포로가 되었어? 나는 운명의 장난감이 되도록 태어났구나. 나를 홀대하지 마라. 석방금을 낼 테니. 외과 의사를 불러다 줘. 미칠 듯이 머리가 아프니까.

기사 무엇이든 분부대로 하겠습니다.

리어 왕 누가 구하러 안 오느냐? 나 혼자뿐이냐? 이거 울보 녀석이 되는군. 사람의 눈을 뜰의 물뿌리개 대신으로 삼자는 거군. 음, 가을날에 먼지 나지 않게 말이야. 나는 화려한 옷차림을 하고 죽을 테야. 말쑥한 새 신랑같이. 뭐! 즐겁게 하자꾸나. 여, 여, 나는 국왕이다. 너희는 아느냐?

기사 예, 국왕이십니다. 분부대로 하겠습니다.

159

리어 왕 그럼 나는 아직 살아 있구나. 자, 잡을 테면 달려와서 잡아 봐라. 자, 자, 자, 자. (리어 왕 뒤에서 퇴장, 시종들도 뒤따라 퇴장)

기 사 미천한 사람도 저렇게 되면 불쌍한데, 더구나 국왕의 신분으로 저렇게 되시니 말문이 막히는구나! 다른 두 따님으로 해서 천륜은 이런 것인가 하고 모든 사람의 저주를 받았지만 다행히 이 따님은 그 저주를 씻어 줄 것입니다.

에드거 여보십시오, 안녕하십니까?

기 사 안녕하시오. 그런데 무슨 일이오?

에드거 혹시 전쟁이 일어난다는 소문은 듣지 못했습니까?

기 사 그건 틀림없는 일이오. 누구나 다 알고 있소. 귀가 있는 사람이면 다 듣고 있소.

에드거 하지만 좀 가르쳐 주십시오, 저쪽 군사는 어디까지 다가와 있습니까?

기 사 바짝 다가와 있소, 더구나 파죽지세요. 그리고 주력 부대의 출현도 임박해 있소.

에드거 고맙습니다. 그것만 알았으면 되었습니다.

기 사 특별한 이유 때문에 왕비께서는 여기 머물러 계시지만 군대는 출동해 있습니다.

에드거 고맙습니다. (기사 퇴장)

글로스터 언제나 자비하신 신들이여, 제발 뜻하실 때에 이 목숨을 끊어 주십시오. 다만 두 번 다시 나쁜 심지의 꼬임을 받아 허락도 없이 스스로 목숨을 끊을 생각을 하지 않도록 지켜 주십시오.

에드거 아저씨. 기도 잘 하셨습니다.

글로스터 너는 누구냐?

에드거 쓸데없는 사람입니다. 운명의 매질에 갖가지 뼈아픈 슬픔을 경험해 왔기 때문에 남의 불행에도 잘 동정합니다. 손을 주십시오. 계실 곳을 안내해 드리겠습니다.

글로스터 진심으로 고맙다. 하느님의 은총과 축복이 더욱더 너에게 내리기를 빈다.

오스월드 등장.

오스월드 현상금 붙은 수배자구나! 재수좋게 어느 눈없는 그 머리는 본래 내 출세를 위해서 만들어져 있는 것이다. 이 불행한 늙은 반역자야. 빨리 네 죄를 돌이켜 생각하고 각오해. 칼을 뺐다. 네 목숨은 내 것이다.

글로스터 기쁘게 제공하겠소. 자, 잔뜩 힘을 주어 찌르시오. (오스월드가 찌르려고 할 때 에드거가 막는다)

오스월드 무례한 촌뜨기 놈아. 반역자로 공포된 놈을 뭣 때문에 옹호하려 드는 거냐? 비켜. 비키지 않으면 그 자의 불운에 너도 같이 말려든다. 그자의 팔을 놔.

에드거 못 놓겠어, 다른 이유가 없이는.

오스월드 놔, 이 노예 놈아. 놓지 않으면 목숨은 없다.

에드거 여보시오, 자기 갈 길이나 가고, 불쌍한 사람들에게 참견
마시오. 그따위 협박에 넘어갈 놈이라면 나는 벌써 2주일 전에
저승길에 올랐을 것이다. 안 돼, 이 노인 옆에는 못 가. 비켜,
비키라니까. 안 비키겠다면 시험을 해 보자. 네 대갈통과 내 몸
뚱이가 어느 것이 딱딱한가. 나는 거짓말은 안 해.

오스월드 뭐라고, 이 쓰레기 같은 자식아! (두 사람 싸운다)

에드거 그럼, 네 앞니를 가만두지 않겠다. 자, 덤벼 봐. (에드거
가 오스월드를 때려 눕힌다)

오스월드 노예 놈, 네 놈 손에 내가 죽는구나. 임마, 이 돈주머니
를 받아 둬라. 편안히 살고 싶거든 내 시체를 좀 묻어 줘. 그리
고 내 주머니 속에 있는 편지를 글로스터 백작 에드먼드 님께
전해 줘. 영국군 진영에 가서 찾으면 안다. 아! 때아닌 죽음을
당하는구나! 이제는 죽는다!(숨이 끊어진다)

에드거 나는 너를 잘 안다. 악인이었으나 충성을 다한 놈이지.
네 주인 아씨의 나쁜 짓에 대해서는 악인이 바랄 수 있는 최상
급의 충성을 다한 놈이었지.

글로스터 뭐, 그놈이 죽었나?

에드거 아저씨, 거기 앉아서 쉬십시오. 이 자의 호주머니 속 좀

162

뒤져 봐야겠습니다. 그 편지라는 것이 우리에게 도움이 될지도 모르니까요. 저놈은 죽었습니다. 다만 사형 집행관의 손에 죽게 하지 못한 것이 유감입니다. 그럼 봉랍(封蠟)을 좀 뜯어 보자. 슬쩍 실례 좀 하자. 적의 마음속을 알려면 적의 심장까지도 찢어야 하는 판에 편지를 뜯어 보는 것쯤이야 어떨라고. (편지를 읽는다)

서로가 맹세한 것 잊지 말아 주세요. 그 사람을 없애 버릴 기회는 얼마든지 있을 거예요. 당신의 결심 하나로 시기와 장소는 충분히 구비될 거예요. 그 사람이 만일 승리하여 개선하는 날이면 모두 수포로 돌아갑니다. 그리고 나는 죄인이 되고, 그 사람의 잠자리는 나의 감옥이 됩니다. 그 숨막히는 잠자리에서 저를 구해내시고, 그 노고의 대가로 그 자리에 대신 들어오세요.

당신을 남편같이 그리워하는 거너릴

아, 여자의 욕정은 한이 없군! 저 덕망 높은 남편의 목숨을 빼앗고 내 동생과 바꿔치기하자는 흉계로구나! 여기 모래 속에 너를 묻어 주겠다. 남의 목숨을 노린 색골들의 더러운 심부름꾼아. 그리고 시기를 기다려서 이 흉측한 편지를 내보이고 모살을 당할 뻔한 공작님의 눈을 깜짝 놀라게 해드려야지. 그분께는 다행이다. 너의 최후의 꼬락서니와 네 임무를 내가 이야기할 수 있게 되었으니.

글로스터 폐하께서는 실성하셨다. 그런데 하찮은 내 목숨은 얼마나 질기기에 이렇게 버텨 커다란 슬픔을 뼈아프게 느끼고만 있는 걸까! 차라리 미치기나 했으면 좋겠다. 그렇게 되면 자신의 슬픔을 생각하지 않게 되고, 갖가지 불행도 어지러운 마음 때문에 느껴지지 않을 것 아니냐. (먼 곳에서 북소리)

에드거 손을 붙들어 드리지요. 멀리서 북 치는 소리가 나는 것 같습니다. 자, 아저씨, 친구를 찾아가서 보호를 부탁해 봅시다. (두 사람 퇴장)

제7장

리
어
왕

프랑스 진영 내의 천막

코딜리어, 켄트, 전의 등장.

코딜리어 아아, 켄트 백작님, 저는 얼마나 오래 살아서 노력을 해야 백작의 충성에 보답할 수가 있을까요? 그러기에는 생명이 너무 짧고, 또 무슨 방법으로도 미흡할 것만 같습니다.

켄 트 그렇게 알아주시는 것만으로도 과분한 보수입니다. 지금 말씀드린 것은 사실 그대로입니다.

코딜리어 그 옷을 갈아입으세요. 그 옷은 이때까지의 불행의 표식입니다. 부디 그 옷을 벗어 버리세요.

켄 트 용서하십시오. 지금 저의 정체가 드러나서는 모처럼의 계획이 틀어집니다. 적당한 시기가 올 때까지 저를 아는 체하지

165

말아 주십시오. 부탁드립니다.

코딜리어 그럼, 그렇게 하죠. (전의에게) 국왕의 용태는?

전 의 아직도 주무시고 계십니다.

코딜리어 아, 인자한 신들이여, 학대받은 마음의 상처를 치료해 주십시오! 자식들의 불효 때문에 헝클어지고 뒤엉킨 아버님의 심금을 부디 다시 죄어 주십시오!

전 의 왕 폐하를 깨워도 상관 없겠습니까? 오랫동안 주무셨습니다.

코딜리어 당신의 판단에 일임합니다. 좋다고 생각하는 대로 해 주세요. 옷은 갈아 입히셨습니까?

기 사 네, 곤히 주무시는 사이에 새 옷으로 입혀 드렸습니다.

전 의 깨워 드릴 때 바짝 곁에 계십시오. 틀림없이 정신을 회복하실 겁니다.

의자에 앉아 있는 리어 왕을 시종들이 모시고 나온다. 조용히 음악이 연주된다.

전 의 더 가까이 오십시오. 음악을 더 크게!

코딜리어 아, 아버님, 제 입술에 아버님을 회복시키는 묘약이 있어, 두 언니가 아버님의 존체에다 만든 큰 상처가 이 키스로 치유되길 바랍니다!

켄 트　착하시고 효성이 지극한 공주님!

코딜리어　설사 자기네들의 아버지가 아니었더라도, 이 백발은 그 사람들에게 측은한 정을 일으키게 했을 텐데……. 이것이 휘몰아치는 비바람과 맞싸워야 했던 얼굴이었나요? 그리고 천지를 뒤흔들며 무섭게 벼락 치는 천둥과 맞섰다지요. 더구나 날쌔게 하늘을 가로지르는 번갯불이 하늘을 찢으며 번뜩이는 오밤중에 말예요? 한잠도 못 주무시고―필사의 척후병같이― 이렇게 맨머리로? 원수네 집 개가 나를 물어뜯었을지라도 그런 밤이면 그 개를 난로 곁에 있게 했을 텐데. 그런데 가엾게도 아버님은 돼지나 떠돌아다니는 부랑자와 함께 곰팡내 나는 지푸라기 움막에서 용케 주무셨어요. 아아, 아아! 목숨과 정신이 단번에 끊어지지 않으신 게 기적입니다. 잠이 깨시는 모양이니, 말씀 여쭈어 보세요.

전 의　왕비께서 말씀해 보시는 것이 좋겠습니다.

코딜리어　폐하, 어떠십니까? 폐하, 기분이 어떠십니까?

리어 왕　무덤 속에서 나를 깨운 것은 실례지. 당신은 천상의 영혼이군. 그러나 나는 지옥의 화륜(火輪)에 결박당해 있다. 그래서 나의 눈물은 끓는 납같이 화상을 입히지.

코딜리어　폐하, 저를 알아보시겠습니까?

리어 왕　당신은 망령이야, 언제 죽었소?

코딜리어　아직, 아직도 착란이 심하세요!

전 의 아직 잠이 덜 깨셨습니다. 잠시 놔두십시오.

리어 왕 내가 여지껏 어디 있었나? 여기가 어딘가? 햇빛이 비치나? 나는 기막히게 속고 있어. 남이 이런 꼴을 당하는 것을 본다면 불쌍해서 나는 견딜 수 없을 거야. 뭐래야 좋을지 알 수 없구나. 이건 내 손인가? 정말 내 손이야? 어디 바늘로 찔러 보자. 아프다, 아파. 지금 내가 어떻게 되어 있는지 확실히 알고 싶구나.

코딜리어 (무릎을 꿇으며) 아! 저 좀 보세요. 그 손을 들어 저를 축복해 주세요. (왕이 무릎을 꿇으려고 하는 것을 보고) 아니에요, 아버님 무릎을 꿇으시면 안 돼요.

리어 왕 제발 나를 놀리지 마오. 나는 어리석은 바보 늙은이야. 벌써 여든 살이 넘었소. 한 시간도 더하지 않고 덜하지 않아. 그리고 정직히 말해 정신이 성하지 않은 것 같아. 당신이나 이분을 나는 알 것 같은데 확실하지 않고. 글쎄 여기가 어딘지 전혀 모르겠구나. 그리고 아무리 돌이켜 생각해 봐도 이 옷은 기억에 없고 어젯밤 어디서 잤는지도 생각나지 않는구려. 비웃을지도 모르지만, 이 부인은 내 딸 코딜리어같이 생각되는군.

코딜리어 그렇습니다, 그렇습니다!

리어 왕 눈물을 흘리고 있느냐? 그렇군, 눈물이군. 제발 울지 마라. 네가 독약을 준다 해도 나는 마시겠다. 너는 나를 원망하고 있을 거다. 내 기억에 의하면 네 언니들은 나를 학대했다. 네게는 그만한 이유가 있지. 그러나 그들에게는 아무런 이유도 없지.

코딜리어 없습니다, 제게는 아무런 이유가 없습니다.

리어 왕 나는 프랑스에 와 있느냐?

켄 트 폐하의 영토 안에 계십니다.

리어 왕 속이지 말아요.

전 의 안심하십시오, 왕비 전하. 보시는 바와 같이 심한 정신착란은 진정되셨습니다. 그러나 지금까지 있었던 나쁜 일들을 되새기게 해서는 위험합니다. 안으로 모십시오. 그리고 좀 더 진정되실 때까지는 괴롭게 해드리지 마십시오.

코딜리어 안으로 들어가지 않으시렵니까?

리어 왕 부디 나를 용서해 줘. 이제 모든 것을 잊고 용서해 다오. 나는 늙어서 바보가 되어 있으니까. (켄트와 기사만 남고 모두 퇴장)

기 사 콘월 공작이 피살되었다는데, 사실입니까?

켄 트 사실이오.

기 사 그럼, 그분 군대의 지휘자는 누굽니까?

켄 트 소문에는 글로스터의 서자라고 합니다.

기 사 듣자니 추방당한 영식 에드거와 켄트 백작은 독일에 가 있다는 소문이던데요.

켄 트 세간의 소문은 믿을 수가 있어야죠. 그런데 경계해야 할

리
어
왕

시기가 왔소. 영국군은 급속도로 진격해 오고 있소.

기사 이번 싸움은 혈전이 되겠습니다. 그럼 안녕히 계시오. (기
사 퇴장)

켄트 오늘 싸움의 성공 여부에 따라서 내 의도와 계획은 그 성
패가 결판나겠지. (켄트 퇴장)

제 5막

제1장

도버 근처의 영국군 진영

고수와 기수들을 거느리고 에드먼드, 리건, 장교들, 병사들 등장.

에드먼드　(한 장교에게) 공작에게 가서 알아보고 오너라. 일전의 결의에 변경이 없으신지, 또는 그후로 형편상 방침을 변경하셨는지를. 공작은 변덕이 심하고, 자기 양심의 가책만 받고 계시니까 확실한 의도를 알아가지고 오너라. (장교 퇴장)

리 건　언니의 그 하인은 확실히 살해된 모양이에요.

에드먼드　그런지도 모릅니다.

리 건　그런데 여보세요, 내가 당신에게 호의를 가지고 있는 것은 아시지요? 하지만 말씀해 보세요—사실대로—당신은 언니를 사랑하고 계시는 게 아니에요?

172

에드먼드 나로서는 공명정대한 사랑밖에 없습니다.

리 건 하지만 당신은 형부밖에 들어가지 못하는 장소까지 들어가 보시지 않았어요?

에드먼드 그건 부당한 말씀입니다.

리 건 하지만 당신은 언니하고 늘 같이 있으며, 포옹도 하고, 벌써 부부가 다 된 게 아니예요?

에드먼드 내 명예를 두고 맹세하지만 절대로 그렇지 않습니다.

리 건 언니라고 해서 가만두지 않을 거예요. 부탁이에요, 당신은 언니하고 가까이 하지 말아 주세요.

에드먼드 염려 마십시오. 언니와 공작이 오십니다!

리 어 왕

고수와 기수 들을 앞세우고 올버니, 거너릴, 병사들 등장.

거너릴 (방백) 동생에게 그이와 나 사이를 이간질당하느니 차라리 전쟁에 지는 것이 낫지.

올버니 콘월 공작 부인, 반갑소! (에드먼드에게) 그런데 듣자니 국왕은 막내딸에게로 가고, 우리의 압정을 원망하는 일당도 따라갔다 하오. 나는 공명정대하지 않은 경우엔 용감할 수 없는 사람이지만, 이번 일은 프랑스 왕이 우리 나라를 침략하려고 하는 것이고, 리어 왕과 그 일당을 원조하기 위해서가 아니기 때문에 우리는 묵과할 수 없소. 하긴 리어 왕과 그 일당에게는 중대하고 정당한 이유가 있어 우리에게 대항하는 것이겠지요.

에드먼드 지당하신 말씀입니다.

리 건 새삼스럽게 왜 그런 말씀을 하십니까?

거너릴 같이 합세해서 적을 무찌릅시다. 집안끼리의 사사로운 시비는 여기에서 할 성질이 못 되잖아요.

올버니 그럼, 노련한 장교들과 작전 계획을 세우기로 합시다.

에드먼드 그럼, 곧 공작님의 막사로 가겠습니다.

리 건 언니는 나와 같이 가요.

그너릴 싫다.

리 건 그래야 되니, 나와 같이 가요.

거너릴 (방백) 흥, 네 꿍꿍이를 모를까 봐! 그래 가자.

일동 퇴장하려고 할 때, 변장한 에드거 등장.

에드거 공작님께서 이런 비천한 사람과 면담해 주신다면 한마디 말씀드리겠습니다.

올버니 (앞에 가는 사람들에게) 곧 뒤따라 가겠소……. 말해 봐라. (올버니와 에드거만 남고 일동 퇴장)

에드거 전투 개시 전에 이 봉투를 뜯어 보십시오. 만약 공작님께서 승리를 거두실 때는, 나팔을 불게 해서 이 편지를 가져온 저를 불러 주십시오. 비천한 사람으로 보이겠지만 이 편지에 씌여 있는 것이 거짓이 아니라는 것을 어떤 상대하고라도 칼을 가지고 증명해 보이겠습니다. 그러나 만일 당신이 전사하신다면 속세의 번거로움도 끝장이 나고, 따라서 음모도 사라지고 말 것입니다. 무운장구하시길 빕니다!

올버니 그럼, 읽어 보겠으니 기다려라.

에드거 그럴 수는 없습니다. 시기가 왔을 때, 전령사를 통해 불러주십시오. 그때 다시 나타나겠습니다.

올버니 그럼, 잘 가라. 편지는 꼭 읽어 보겠다. (에드거 퇴장)

에드먼드 등장.

에드먼드 적군이 나타났습니다. 단단히 대비하십시오. 성실한 척후병이 정찰한 적의 병력과 군비에 관한 보고서가 여기 있습니다. (서면을 내준다) 그러나 빨리 하셔야 되겠습니다.

올버니 곧 출전하겠소. (올버니 퇴장)

에드먼드 (냉소적인 웃음을 띠우며) 언니에게도 동생에게도 부부 약속을 해놓았다. 자매가 서로 경계하는 꼴은, 독사한테 물린 적이 있는 사람이 독사를 경계하는 꼴과 같구나. 어느 쪽을 택할까. 양쪽 다? 한쪽만? 양쪽 다 그만둘까? 양쪽이 다 살아남아서는 어느 쪽도 내 것으로 향유할 수 없지. 과부 쪽을 택하면 언니 거너릴이 환장해서 미칠 거야. 그렇다고 그녀의 남편이 살아 있어서는 이쪽의 승산은 거의 없거든. 그러나 전쟁에서는 그 남편의 위력을 이용해야지. 그러나 전쟁이 끝나면 남편을 방해물로 알고 있는 그 여자로 하여금 남편을 없애 버리게 해야지. 그 사람은 리어 왕과 코딜리어에게 자비를 베풀 계획인 모양이지만 전쟁이 끝나고 부녀가 우리 쪽 포로가 되었을 때는 사면하게 가만 놔두지는 않을 테다. 지금의 내 입장으로서는 이치만 따지고 있을 게 아니라 내 자신을 방어하는 것이 중요하다. (에드먼드 퇴장)

제2장

양군 진영 사이의 평야

경보. 프랑스 군 등장. 코딜리어가 리어 왕의 손을 끌고 등장하여, 다시 무대를 가로질러서 퇴장. 에드거가 글로스터의 손을 끌고 등장.

에드거 아저씨, 여기 이 나무 그늘에서 쉬고 계세요. 그리고 정당한 편이 이기도록 기도하세요. 만일 다시 무사히 돌아오게 되면 기쁜 소식을 가지고 올게요.

글로스터 네게 신의 가호가 있기를. (에드거 퇴장)

안에서 경보와 퇴각의 나팔소리. 에드거 등장.

에드거 아저씨, 도망가요. 손을 주세요. 도망가요! 리어 왕은 싸
움에 지고, 왕과 함께 공주님은 포로가 되었어요.

글로스터 가지 않겠다. 여기서 죽어도 상관없다.

에드거 아니, 또 나쁜 생각을 하십니까? 사람은 태어날 때와 마
찬가지로 이 세상을 하직할 때도 뜻대로 되는 것이 아니니 참
아야 합니다. 무엇보다도 때가 올 때까지 기다려야 해요. 자,
가십시다.

글로스터 하긴 그렇지. (두 사람 퇴장)

제3장

도버 근처의 영국군 진영

승리를 한 에드먼드, 고수와 기수를 선두로 등장. 포로가 된 리어 왕과 코딜리어 등장. 부대장과 병사들이 등장.

에드먼드 장교 몇 명은 포로를 끌고 가라. 처분할 권리를 가진 상관들의 명령이 있을 때까지 엄중히 감시해라.

코딜리어 최선을 다하고도 최악의 운명을 맞이한 것은 우리들이 처음은 아닙니다. 하지만 국왕이신 아버님의 고생을 생각하면 저는 맥이 풀립니다. 저 혼자라면 믿지 못할 운명의 여신의 찡 그린 얼굴쯤은 노려봐 줄 수도 있습니다. 아버님의 딸들, 언니들을 한번 만나보시지 않겠습니까?

리어 왕 아니야, 아니야, 아니야, 아니야! 자, 감옥으로 가자. 둘

이서만 조롱 속의 새같이 노래를 부르자. 네가 나보고 축복을
해 달라면 나는 무릎을 꿇고 네게 용서를 청하겠다. 우리는 그
렇게 날을 보내고, 기도하고, 노래하고, 옛날 이야기를 하고,
금빛 나비를 보고 웃고, 불쌍한 놈들이 얘기하는 궁중 소문을
듣자꾸나. 그리고 그들을 상대해서 누가 실각하고 누가 득세하
고 누가 등용되고 누가 쫓겨났는지를 그놈들과 얘기하자꾸나.
그리고 우리가 제법 신의 밀사이거나 한 것처럼 세상에 일어나
는 불가사의를 아는 척하고 감옥의 벽에 둘러싸여 달과 더불어
차고 기우는 고관들의 꼴이나 조용히 지켜보며 지내자꾸나.

에드먼드 둘을 데리고 나가라.

리어 왕 코딜리어야, 너와 같은 희생에 대해서는 신들 자신이 향
을 올려주실 거다. 나는 너를 붙잡고 있느냐? 우리를 떼어 놓
으려는 놈은 하늘에서 횃불을 가지고 와서 우리를 여우같이 그
을려 내몰아야 하렸다. 눈물을 닦아라. 그것들이 염병에 걸려
서 살과 껍질이 썩어 문들어지기 전에는 울지 말아야지! 그것
들이 굶어죽는 꼴을 우린 먼저 봐야지. 자, 가자. (리어 왕과 코
딜리어, 호위되어 퇴장)

에드먼드 부대장, 이리 와요. 이 편지를 가지고 감옥까지 두 사
람의 뒤를 따라가라. (편지를 준다) 너는 1계급 승진시키기로
되어 있다. 이번에 그 속에 쓰여 있는 것을 실행한다면 네 앞날
은 확 트일 것이다. 명심해라. 사람은 시대에 순응해야 한다.

인정 많은 것은 칼을 찬 군인에게는 어울리지 않는다. 이번의 중대한 임무는 왈가왈부를 허용하지 않는다. 그럼 수락하겠느냐, 또는 출세의 다른 길을 택하겠느냐?

대 장 명령대로 하겠습니다.

에드먼드 그럼, 곧 착수해라. 그리고 끝나면 행복하다고 생각해라. 알아듣겠느냐? 곧 착수해라. 그 속에 쓰여 있는 대로 처리해라.

리
어
왕

대 장 말같이 짐수레를 끌거나, 말린 귀리를 먹거나 할 수는 없지만, 사람이 하는 일이면 하겠습니다. (대장 퇴장)

나팔소리, 올버니, 거너릴, 리건, 병사 등장.

올버니 (에드먼드에게) 오늘은 확실히 귀하의 용맹한 혈통을 증명하셨소. 그리고 무운도 좋으셨소. 더구나 오늘 격전의 목표인 두 사람을 포로로 잡은 것은 대단한 공훈이오. 그 두 사람의 처분에 대해서는 그들이 받을 당연한 보복과 우리의 안전을 생각해서 공평하게 처리해 주시오.

에드먼드 저 비참한 노왕을 어디 적당한 곳에 유폐하여 감시인을 붙여 두는 것이 적당하다고 생각합니다. 그 고령에 매력이 있기 때문에, 우민(愚民)들은 동정하고 우리가 징집한 병사들까지도 우리에게 창끝을 돌릴 염려조차 있습니다. 프랑스 왕비도 같이 유폐했습니다. 이유는 같습니다. 그리고 내일이나 그 이후나, 법정에 호출할 때에는 언제든지 출두하게 했습니다. 그러나 우리는 지금 땀과 피에 젖어 있습니다. 친구를 잃지 않은 사람이 아무도 없습니다. 전쟁의 가혹함을 느낀 사람이라면 그 전쟁을 저주하게 마련입니다. 코딜리어와 그 부친의 문제는 다른 곳에서 논하는 것이 옳을 것 같습니다.

올버니 미안하지만 나는 이번 전쟁에서 당신을 부하로 생각하고 있을 뿐, 형제로는 생각하지 않소.

리 건 그 자격은 제가 이분께 드리고 싶었던 거였어요. 그런 말을 하시기 전에 제 의사를 물어봤어야 옳다고 생각해요. 이분은 제 군대를 지휘하시고, 제 지위와 신분을 위임받으셨어요. 저와는 이만한 사이니까 당연히 이분은 당신과는 형제와 같은 처지라고 할 수 있습니다.

거너릴 그렇게 흥분하지 말아요! 네게서 자격을 받지 않아도 저분은 자기 자신의 가치로 높은 위치에 올라갈 분이야.

리 건 내가 준 권리를 행사하니만큼 왕후와 동배간이예요.

올버니 하긴 그렇게 되겠지요. 당신의 남편이 된다면.

리 건 농담이 진담이 될지 누가 알아요!

거너릴 저것 봐! 그런 말을 하는 사람의 눈은 역시 사팔뜨기로 군.

리 건 언니, 나는 지금 몹시 아파서 가만히 있지만, 그렇지 않다면 왈칵 성을 내고 대들었을 거예요. (에드먼드에게) 장군, 나는 당신에게 부하 장병과 포로와 상속 재산을 일체 바치겠어요. 당신의 자유로 처리하세요. 그리고 이 몸도, 이 몸은 당신의 것입니다. 저는 이 자리에서는 당신을 내 남편, 내 주인으로 선언합니다.

거너릴 그렇게 네 마음대로 될 줄 알고.

올버니 (거너릴에게) 그걸 막는 것은 당신 마음대로는 안 될 걸.

에드먼드 (올버니에게) 당신 마음대로도 안 될 걸요.

올버니 서자 놈아, 그건 당치 않은 소리다.

리 건 (에드먼드에게) 북을 울리게 하여 제 자격이 당신의 것이 되었음을 증명하세요.

올버니 잠깐 참아. 얘기할 게 있다. 에드먼드, 너를 대역죄로 체포하겠다. 너를 체포함과 동시에 이 금빛의 독사 거너릴도. 어여쁜 리건 님, 당신의 요구에 대해서는 처를 대신하여 내가 반대합니다. 내 처는 벌써 이 귀족과 재혼할 약속이 되어 있소. 그러니 나는 그녀의 남편으로서 당신의 혼담에 이의가 있소. 남편이 필요하다면 차라리 내게 구혼하시오. 내 처는 이미 약속되어 있으니까.

거너릴 얼빠진 소리 그만둬요!

올버니 글로스터, 아직도 무장하고 있구나. 나팔을 불게 하라. 네가 범한 흉악하고 명백한 여러 가지 대죄를 증명하려고 너에게 결투를 신청할 사람이 나타나지 않는다면 내가 상대하겠다. (장갑을 땅 위에 던지며) 네 악업은 지금 내가 말한 것 이상의 것임을 네 염통을 도려내 증명해 보일 테다. 그러기 전에는 나는 빵조차도 입에 대지 않을 테다.

리 건 (고통스럽게) 가슴이 아파! 아이고, 아이고!

거너릴 (방백) 그렇지 않다면 약도 믿을 수 없게.

에드먼드 그 대답은 이거다! (장갑을 던진다) 나를 반역자라고 부르는 놈은 대체 어떤 놈인지 모르지만, 악당 같은 거짓말쟁이다. 나팔을 불어서 불러내라. 나타나는 놈이 누구든 상대를 가릴까 보냐. 나의 결백과 체면을 확고하게 보여줄 테다.

올버니 이봐, 전령사!

에드먼드 전령사, 이봐 전령사!

올버니 네 자신의 용기만 믿어. 내 명의로 모집된 너의 부하 장병들은 다 내 명의로 해산되었으니까.

리 건 아이고, 아파!

올버니 환자가 생겼군. 내 막사로 데리고 가라. (리건, 부축을 받으며 퇴장)

전령사 등장.

올버니 이리 와, 전령사. (대장에게) 나팔을 불게 하라. (전령사

에게) 이것을 읽어라. (나팔소리)

전령사 (읽는다) "우리 군대 내에 지체나 지위 있는 자로서, 글로스터 백작이라 칭하는 에드먼드에 대하여 그자가 갖가지 대죄를 범한 대모반자라는 것을 결투로 증명할 자는 세 번째 나팔소리가 날 때까지 출두하여라. 에드먼드는 칼을 가지고 증명한다 함." 불어라! (첫째 나팔소리) 또 불어라! (둘째 나팔소리) 또 불어라! (셋째 나팔소리, 안에서 대답하는 나팔소리)

무장한 에드거, 나팔수를 앞세우고 등장.

올버니 물어 보아라, 왜 나팔소리에 응하여 나타났는가?

전령사 당신은 누구요? 성명을 대시오. 신분을 말하오. 또 무슨 이유로 이 부름에 응답했소?

에드거 이름은 없습니다. 반역자의 이빨에 물어뜯기고 벌레에 파먹히고 말았습니다. 하지만 바탕은 여기 칼을 맞대고 싸우려는 상대자에 못지않게 귀족 출신입니다.

올버니 그 상대란 누구냐?

에드거 글로스터 백작 에드먼드라는 사람이 누구냐?

에드먼드 바로 나다. 할 말이 뭐냐?

에드거 칼을 빼라. 내 말이 귀족인 너의 비위에 맞지 않는다면 칼을 가지고 명예를 지켜 봐라. 나도 칼을 빼겠다. 굳은 맹세로 명예 있는 기사의 특권을 가지고 있는 네 면전에서 단언하겠는데…… 네 힘과 지위와 젊음과 요직에도 불구하고, 네놈은 모반자다. 네놈은 신과 형과 아버지를 배반하고, 여기 이 공명 높으신 공작의 목숨을 노리고, 머리끝에서 발톱의 때와 먼지에 이르기까지 두꺼비같이 더러운 모반자다. 네가 그걸 부정한다면, 내 칼, 내 팔, 내 용기가 네 염통을 도려내어 사실을 증명해 보이겠다. 그리고 그 염통에 대고 나는 말하는 거다! 너는 거짓말쟁이라고.

에드먼드 내가 신중하다면 마땅히 성명을 물어야 하겠지만 보아하니 의젓하고, 용감하며, 말씨도 어딘지 명문 출신 같구나. 기사도의 예법에 의하면 당연히 거절해도 좋은 결투지만 그렇게 하기도 싫다. 모반자라는 오명을 네 머리에 되던져 주고, 지옥같이 가증할 그 거짓말을 가지고 네 가슴을 눌러 놓겠다. 하지만 그 오명도 네 가슴을 스칠 뿐 거의 상처도 입히지 않을 것이니, 그 오명을 이 칼로 네 가슴에 새겨 두고 영원히 그곳에 남아 있게 하겠다. 자, 나팔을 불어라. (경보의 나팔소리, 두 사람이 싸워 에드먼드가 쓰러진다.)

올버니 잠깐, 죽이지 마라!

거너릴 이것은 음모예요, 글로스터 백작님. 기사도의 예법으로는 이름도 밝히지 않은 상대에게 응할 의무는 없었어요. 당신은 진 게 아니에요. 계략과 속임수에 빠진 거예요.

올버니 입 다물어. 다물지 않으면 이 편지로 입을 틀어 막아 버릴 테야—(에드먼드에게) 잠깐 기다려—(거너릴에게) 어떤 죄명보다 더한 악인아, 네 죄상을 읽어 봐라. 찢지 마라! 본 일이 있는 모양이군.

거너릴 본 일이 있으면 어때요……. 국법은 내 것인데요. 당신의 자유로는 안 될 걸요. 그것으로 누가 날 고발할 수 있어요?

올버니 참 괴물같은 여자로군. 그럼, 이 편지는 확실히 네 것이로구나?

거너릴 내가 알고 있는 것을 묻지 말아요. (거너릴 퇴장)

올버니 뒤따라가 봐. 반미치광이가 되었구나. 진정시켜라. (장교 한 사람 퇴장)

에드먼드 당신이 열거한 죄목은 내가 범한 죄상이다. 이 외에도 많이 있는데, 시기가 오면 모두 알게 될 것이다. 그러나 다 지난 과거 일이다. 나는 이제 과거의 사람이 되었다. 하지만 운수 좋게 날 이긴 너는 대체 누구냐? 문벌 있는 사람이라면 용서하겠다.

에드거 서로 용서하자, 에드먼드야, 나는 혈통이 너만 못하지 않은 사람이다. 만약 혈통이 너보다 우월하다면 내게 대한 네 죄는 그만큼 더욱 무겁다. 나는 에드거다. 네 아버지의 적자다. 신은 공평하시다. 그리고 우리의 쾌락을 가지고 우리를 벌하는 도구로 삼으신다. 아버지는 컴컴하고 부도덕한 잠자리에서 너를 만든 대가로 두 눈을 잃으셨다.

올버니 (에드거에게) 자네의 거동만 보고서도 어딘가 고귀한 가문의 태생임을 알아볼 수 있었네. 자, 이 가슴에 안게 해주게. 만일 내가 한 번이라도 자네나 자네 부친을 미워했다면! 슬픔 때문에 이 가슴이 둘로 쪼개져도 좋으이!

에드거 공작님, 호의는 잘 알고 있습니다.

올버니 지금까지 어디에 숨어 있었는가? 어떻게 부친의 불행을 알았는가?

에드거 그 불행을 보살펴 왔습니다. 간단히 말씀드리겠습니다. 그리고 다 말씀드리고 나면, 아 심장이 터져도 상관없습니다! 가혹한 선고가 내린 뒤에 바짝 뒤쫓아오는 포졸의 눈을 피해— 아, 목숨은 소중합니다. 단번에 죽느니보다는 일각일각 죽음의 고통을 당하더라도 연명하려고 합니다—생각한 바 있어, 미치광이가 입는 누더기를 입고, 개도 얕보는 꼴로 미친 거지로 변장했지요. 그런 꼴로 우연히 아버님을 만났는데, 그때 그분은 보석같이 빛나던 두 눈을 잃고 텅 빈 눈에서 피를 흘리고 계셨습니다. 그후로 그분의 손을 이끌고, 길잡이가 되어, 그분을 위해서 동냥도 하고, 절망으로부터 구원도 해드렸습니다. 반 시간 전 갑옷을 입을 때까지는 그간 쭉 이름을 밝히지 않았습니다만, 지금 생각하니 큰 잘못이었습니다. 그런데 이번 이 결투에 있어, 이기기를 바라면서도 승패의 판가름이기에 어딘지 불안하여, 부친께 축복을 구하고 지금까지의 자초지종을 애기했지요. 그랬더니 이미 금이 가 있는 부친의 심장은 기쁘고도 슬픈 감정의 양극단에 끼여 그 충격을 감당하지 못했던지, 착잡한 미소를 머금은 채 숨을 거두시고 말았습니다.

에드먼드 형님의 얘기에 나도 감동했소. 이제 나도 참다운 인간으로 되돌아갈 수 있을 것 같소. 다음을 계속해 주시오. 더 할 얘기가 있을 것 같소.

올버니 슬픈 이야기일 테지. 더 얘기 말게. 이 이야기만으로도 나는 눈물이 쏟아질 것 같으니까.

에드거 슬픔을 싫어하는 사람에게는 이것이 끝이라고 보이겠지만 또 하나 이야기가 있습니다. 그것을 자세히 이야기하면 벌써 많은 슬픔에다 슬픔을 더하여 극도의 슬픔이 되겠습니다. 제가 통곡하고 있는데 누가 나타났습니다. 이분은 이전에 제 비참한 거지꼴을 보았을 때는 소름이 끼치는 듯 저를 피했던 분인데, 이때는 슬픔을 참고 있는 사람이 누군지를 알아보고, 힘센 두 팔로 내 목에 매달리고, 하늘을 찢을 듯이 통곡하며, 몸을 제 부친의 시체 위에 내던지고 리어 왕과 자기의 슬픈 신상 이야기를 했는데, 그렇게도 슬픈 이야기는 세상에 둘도 없습니다. 그 이야기를 하면서 그분은 슬픔을 감당하지 못하여 당장에 생명의 줄이 끊어질 것만 같았습니다. 그때 둘째 나팔 소리가 들렸기 때문에 그분을 실신한 그대로 두고 이곳으로 나

왔던 것입니다.

올버니 그분은 대체 누구지?

에드거 켄트 백작, 추방당한 켄트 백작입니다. 변장을 하고, 자기를 적대시한 국왕을 따라 노예조차도 창피하게 여기는 시중을 들어온 분입니다.

기사, 피가 묻은 단검을 들고 등장.

기 사 큰일났습니다. 큰일났습니다!

에드거 뭐가 큰일났단 말이오!

올버니 빨리 말해!

에드거 무슨 일이오, 그 피묻은 칼은?

기 사 아직 따듯한 피연기가 오릅니다. 지금 막 가슴에서 뽑아 왔습니다…… 아, 돌아가셨습니다.

올버니 누가? 빨리 말해?

기 사 아씨, 아씨께서! 그리고 동생도 아씨가 독살했습니다. 그렇게 자백했습니다.

에드먼드 나는 둘에게 부부 약속을 해놓았겠다. 이제는 셋이 다 같이 살겠구나.

에드거 켄트 백작이 오십니다.

켄트 등장.

올버니 죽었든지 살았든지 두 사람의 육체를 이리 내 오너라.
(기사 퇴장) 이 천벌은 우리를 떨게 할지언정 우리에게 연민
의 정을 일으켜 주지는 않는다. (켄트를 보고) 아, 이분이 그분
인가? 실례가 되는 줄 알면서도, 사태가 이러하니 인사말은 생
략하겠습니다.

켄트 주인이신 국왕에게 영원한 작별을 하러 왔습니다. 여기 안
계십니까?

올버니 큰일을 잊고 있었소! 에드먼드, 왕은 어디 계시냐? 그리
고 코딜리어? (하인이 거너릴과 리건의 시체를 운반해 온다) 켄
트 백작, 저걸 보시오.

켄트 아아, 이거 웬일입니까?

에드먼드 아무튼 이 에드먼드는 사랑을 받았소. 나 때문에 언니
는 동생을 독살하고, 그리고 자살했소.

올버니 사실이 그렇소. 시체의 얼굴을 무엇으로 덮어라.

에드먼드 숨이 차 오는구나. 나는 원래 악인이지만 죽기 전에 좀
좋은 일을 해두고 싶소. 성으로 빨리 사람을 보내시오. 급히 보
내시오. 리어 왕과 코딜리어를 죽이라는 명령을 내렸소. 늦지
않게 빨리 보내시오.

올버니 뛰어가라, 뛰어가라, 빨리 뛰어가라!

에드거 누구에게 가야 합니까? (에드먼드에게) 누가 명령을 맡았어? 명령을 취소할 증거를 줘.

에드먼드 잘 생각하셨소. 이 칼을 가지고 가서 대장에게 주시오.

올버니 빨리 가라, 목숨을 걸고 빨리! (에드거 퇴장)

에드먼드 당신의 부인과 내가 명령을 내렸습니다. 코딜리어를 감옥 속에서 교살해 놓고, 절망한 나머지 자살한 것처럼 뒤집어 씌우도록 하라는 명령을.

올버니 신들이여, 보호해 주십시오! 저 사람을 데리고 나가라. (시종들이 에드먼드를 메고 나간다)

리어 왕이 절명한 코딜리어를 두 팔에 안고 등장. 대장, 그 밖의 사람들 뒤따라 등장.

리어 왕 울부짖어라! 울부짖어라! 울부짖어라! 너희는 목석 같은 인간들이냐! 내가 너희의 혀와 눈을 가졌다면, 이것들을 사용하여 하늘이 무너지도록 저주할 텐데! 이 애는 죽어 버렸다. 사람이 죽었는지 살아 있는지는 나도 안다. 이 애는 죽어서 흙같이 되었다. 거울을 빌려 줘, 거울이 입김으로 흐려지든지 희미해지면 아직 살아 있는 거야.

켄트 이것이 예언된 세계의 종말인가?

에드거 또는 그 가공할 날의 양상인가?

올버니 하늘도 땅도 멸해 버려라!

리어 왕 이 깃털이 움직인다! 이 애는 살아 있다! 만약 살아 있다면 이제까지 내가 겪은 불행은 모두 보상받는다.

켄 트 아, 국왕이시여!

리어 왕 저리로 가 줘!

에드거 폐하의 충신 켄트 백작입니다.

리어 왕 역병에 걸려라, 네놈들은 다 살인자, 반역자다! 나는 이 애를 살릴 수 있었을 것을. 이제는 그만이로구나! 코딜리어, 코딜리어, 잠깐만 기다려라—앗? 말을 하나?—이 애의 목소리는 언제나 부드럽고, 상냥하고 나직했지, 그것이야 말로 여자의 아름다운 특징이 아니겠느냐? 너를 목 졸라 죽인 그 노예 놈은 내가 맨 손으로 죽여 버렸다.

대 장 그렇습니다. 국왕이 죽여 버렸습니다.

리어 왕 자, 내가 안 그랬어? 나도 한때는 날카로운 꼬부랑 칼을 휘둘러서 닥치는 대로 몰아낸 일이 있었지. 그러나 이제는 늙고, 이렇게 고생해 온 탓으로 기운이 빠졌어. 너는 누구냐? 눈이 잘 보이지 않는구나. 하지만 곧 알아볼 수 있을 거야.

켄 트 운명의 여신이 사랑하는 사람과 증오하는 사람이 있다고 자랑삼는다면 그중의 한 분이 바로 눈앞에 있군요.

리어 왕 눈이 잘 보이지 않아. 너는 켄트가 아닌가?

켄 트 네, 그렇습니다. 폐하의 신하 켄트입니다. 폐하의 시종 카

이어스는 어디 있습니까?

리어 왕 그놈은 좋은 놈이야, 정말이야, 그놈은 칼을 잘 쓰지, 날
쌔고. 놈도 죽어서 썩어 버렸어.

켄 트 아닙니다. 죽지 않았습니다. 제가 바로 그 카이어스입니
다.

리어 왕 그럼, 내가 곧 알아볼 수 있겠지.

켄 트 폐하의 운명이 바뀌어 불우하게 되신 그 시초부터 폐하의
슬픈 발자국을 줄곧 따라다닌 사람입니다.

리어 왕 참 잘 왔다.

켄 트 제가 바로 그 사람입니다. 모든 것이 쓸쓸하고 암담하고
죽음 같습니다. 위로 큰 따님 두 분은 스스로 목숨을 끊고 자포
자기의 최후를 마쳤습니다.

리어 왕 음, 그랬을 거야.

올버니 아무것도 잘 모르시는 모양이오. 이래서는 우리들의 이
름을 말씀드려도 소용없겠소.

애드거 아무 소용없습니다.

대장 등장.

대 장 에드먼드 님이 돌아가셨습니다.

올버니 이런 때에 그런 것은 대수롭지 않아. 귀족이며 내 친구이

신 두 분은 나의 의도를 알아 두시오. 쇠약해지신 이 위대한 분
에 대해서는 힘 있는 데까지 원조해 드리도록 하겠습니다. 나
로서는 노왕이 생존해 계시는 동안은 내 통치권을 양도해 드리
겠습니다. (에드거와 켄트에게) 그리고 두 분께서는 본래의 권
리 외에도, 이번의 공훈에 충분히 보답될 만한 여러 승진과 특
권을 수여하겠습니다. 친구는 모두 공적으로써 상을 받을 것이
며, 원수는 다 처벌의 고배를 맛볼 것이오. 아, 저런, 저런!

리어 왕 나의 귀여운 아가가 목 졸려 죽었다! 이제는, 이제는, 생
명은 끊어졌어! 개나, 말이나, 쥐에게도 생명은 있는데, 왜 너
는 숨도 안 쉬느냐? 너는 이제 돌아오지 않겠구나. 영영, 영영,
영영! 이 단추 좀 풀어다오. 고맙다. 이걸 봐라! 이 애 얼굴을
봐! 봐라, 이 애 입술을! 저길 좀 봐라, 저길!

에드거 기절하셨습니다. 폐하! 폐하!

켄 트 가슴이 터질 것 같군! 어서 터져 버려라.

에드거 정신을 차리십시오, 폐하!

켄 트 영혼을 괴롭히지 마시오. 평안히 운명하시도록 놔두시오.
이 괴로운 현세라는 고문대 위에 더 이상 수족을 고문당하도록
놔 둔다면 오히려 원망하실 겁니다.

에드거 운명하셨습니다.

켄 트 용케 지금까지 잘 견디셨습니다. 천수 이상으로 연명하셨
습니다.

올버니 유해를 내 가거라. 우리들의 당면한 임무는 온 나라가 진정한 애도를 표하는 일이오. (켄트와 에드거에게) 내 절친한 친구인 두 분은 이 영토를 다스리시고, 난국을 구해 주시오.

켄 트 나는 곧 돌아오지 않는 여정을 향해 떠나야 합니다. 저의 군주께서 부르시니 거절할 수가 없습니다.

에드거 이 비통한 시대의 고통을 우리는 달게 받아야 합니다. 우리는 가슴에 느껴지는 진실한 생각을 서로 말합시다. 가장 노령이신 분이 가장 많이 참으셨습니다. 젊은이들은 이만큼 고생을 하지도 않을 것이고, 또 이만큼 오래 살지도 못할 것입니다. (시체를 들어 내간다. 일동 퇴장. 장송곡)

독후감
길라잡이

① 내용 훑어보기

영국의 리어 왕은 늙은 임금입니다. 그에게는 딸 셋이 있었는데, 엘버니 공국의 공작 부인인 거너릴, 콘월 공국의 공작 부인인 리건, 그리고 막내 공주인 코델리아였습니다. 프랑스 왕과 버건디 공작은 구혼자로서 공주의 사랑을 구하려고, 그 당시 리어 왕의 궁전에 머무르고 있었습니다.

그 늙은 왕은 나이와 국무에서 오는 피로에 지쳤으며, 여든 살이 넘었기 때문에 머지않아 닥쳐올 죽음을 준비할 시간을 갖기 위해, 국사의 운영을 더 젊고 능력 있는 사람에게 맡기기로 결심합니다.

이러한 뜻에서 그는 세 딸을 불렀는데, 이는 그가 자기의 왕국을 딸들의 애정의 비율에 따라 나누어 주기 위해, 딸들 중 누가 그를 가장 사랑하는가를 직접 듣고자 함이었습니다. 맏딸인 거너릴은 아버지를 말로는 표현할 수 없을 정도로 사랑하며, 소중히 여기는 그 무엇보다도 더 사랑한다고 말합니다.

이처럼 많은 미사여구를 동원하여 효심을 공언했지만, 그런 것들은 실제는 사랑이 없어도 꾸며내기가 쉬운 것이었습니다. 그러나 왕은 그 딸의 확고한 효심을 그녀의 입을 통해서 들을 수 있어서 기뻤습니다. 그리고 그녀의 진심도 그 말과 정말로 일치하리라고 생각하고는 아버지로서의 애정이 앞서서 그녀와 그녀의 남편에게 왕국의 3분의 1을 주었습니다.

다음에 그는 둘째딸을 불러 무슨 말을 할 것이냐고 물었습니다. 둘째딸 리건은 언니와 똑같이 성실성이 없는 성품이었습니다. 하지만 그녀의 고백 역시 첫째에 조금도 뒤지지 않을 뿐만 아니라, 오히려 언니의 고백 내용이 자기가 아버지에게 바치려고 고백한 효심에 미치지 못한다고 선언했습니다. 심지어 그녀는 다정한 부왕을 사랑하는 기쁨에 비하면, 모든 다른 기쁨이란 한낱 쓸모없는 것이라고 선언했습니다.

리어 왕은 자기가 생각했던 대로 이처럼 귀여운 자식들을 가진 것을 기뻐했습니다. 리건의 멋진 고백을 들은 왕은 이미 거너릴에게 준 것과 똑같이 국토의 3분의 1을 주었습니다.

마지막으로 왕은 코델리아에게 언니들보다 더 풍성한 3분의 1을 수중에 넣기 위해 무엇이라고 말하겠냐고 기대를 한껏 품고 묻습니다. 그러나 코델리아는 앞서 말한 언니들과는 달리 말할 것이 하나도 없고, 자식의 도리에 따라서 사랑한다고 말합니다. 맏딸과 둘째딸의 달콤한 말들에 취해 있었던 리어 왕이 화를 삼키며 다시 묻지만, 코델리아는 어떠한 수식어도 덧붙이지 않았고, 이에 노한 국왕은 코델리아를 추방하고 국토를 두 딸에게만 나누어 줍니다.

모든 권력과 영토를 두 딸에게 나누어 준 리어 왕은 실권이 없어지자, 두 딸로부터 천대를 받습니다. 마침내는 폭풍우치는 밤,

두 딸의 성에서 추방되고, 리어 왕은 거의 실성하게 됩니다. 그러나 리어 왕에게는 변장하여, 그를 모시는 켄트 백작이 있었습니다. 폭풍우 속을 방황하던 그들은 쫓기는 몸으로 벌판을 헤매던 중 미친 사람으로 변장한 에드거를 만나 동행합니다.

글로스터 백작은 인간으로 할 수 없는 짓을 한 리어 왕의 두 딸에 대해 반대하다가, 결국 그들에 의해 두 눈알을 뽑히고 내쫓기는 신세가 됩니다, 그후 글로스터는 리어 왕과 변장한 켄트 백작, 그리고 그의 아들 에드거를 만나 동행합니다. 이 모든 소식을 전해 들은 막내딸 코델리아 공주는 프랑스 군을 이끌고 아버지를 구하기 위해 영국으로 돌아옵니다.

리어 왕 일행은 코델리아 공주에게 구출되지만 프랑스 군은 두 언니의 군대에게 패하고 맙니다. 리어 왕과 코델리아 공주는 포로로 잡혀 감옥에 갇히고 맙니다. 한편 음탕한 거너릴과 리건은 그들의 남편에 만족하지 못하고, 에드먼드와의 욕정을 불태웁니다. 거너릴은 에드먼드에게 그의 남편을 암살하고, 자신의 정부가 되어 주기를 요구하지만, 동생 리건 역시 언니를 질투하고, 에드먼드를 자기 것으로 만들려 합니다.

그러자 거너릴은 동생을 독살하고, 거너릴의 남편인 올버니 공작은 양심이 남아 있어, 두 딸들에게 반기를 듭니다. 에드거는 결국 정체를 드러내어, 에드먼드에게 결투를 신청해 동생을 죽입니다. 에드거의 아버지인 글로스터 백작은 리어 왕의 비극과 그의 아들 에드거의 정체를 알고, 그만 슬픔과 기쁨에 심장이 견디지 못하고 죽고 말지요.

거너릴은 동생을 독살한 후 자살하고, 에드먼드는 죽기 전에 자기 죄를 뉘우치고 마지막으로 그의 악행을 저지하라 가르쳐 줍니다. 에드먼드는 부하를 시켜 코델리아를 교살하라고 명령했던 것이었습니다. 그러나 그것을 막기에는 너무 늦어 결국 코델리아 공주는 죽임을 당하고, 리어 왕은 비참한 나머지 졸도하여 죽는 것으로 끝이 나지요.

 ## 작품분석하기

《리어 왕》은 셰익스피어 작품 중에서도 대작의 하나로 손꼽히고 있습니다. 이 작품은 사람들이 예상한 것과는 전혀 반대 방향으로 풀려나가며, 또한 관중이나 독자에게 숨돌릴 여유도 주지 않고 빠르게 진행됩니다. 그 이유는 이 사건의 등장인물들이 한결같이 그 무엇엔가 신들린 사람 같은 느낌을 주기 때문입니다.

리건과 거너릴을 예로 들면, 코델리아가 추방된 것을 기회로 리어 왕을 궁지에 몰아넣는 불효막심한 딸들이라고 단순하게 보아 넘겨서는 안 됩니다. 두 딸이 저지르는 일의 동기가 악독한 성품과 어린아이와 같은 리어 왕의 신경질 때문이라고 하면 어느 정

독후감 길라잡이

도는 설명되지만, 그것만 가지고는 두 여인의 무시무시한 계략과 암담하고도 줄기차게 내모는 행동을 이해할 수 없기 때문입니다.

첫 막이 오르자마자 셰익스피어는 켄트, 글로스터, 그리고 글로스터의 서자인 에드먼드와 같은 인물들을 먼저 등장시키는 것을 잊지 않고 있지요. 즉 리어의 권력이 그 정점에 달하고 있을 때, 국토를 둘로 나누어 두 딸에게 넘기는 장면에서 벌써 이 극이 가야 할 방향은 결정되며, 대단원까지는 앞으로 5막이나 남아 있음에도 불구하고 극은 이미 결정된 방향으로 진행됩니다.

이는 작품이 쓰여졌던 당시 사회의 주도권을 잡고 있던 세력들이 동일한 이념이나 가치체계를 가진 정치 세력이 아니라 서로 다른 이념을 대변하는 집단이라는 데 그 특수성이 있습니다. 아퀴나스에서 후커로 이어지는 낙관적 인생관과 '존재의 사슬' 이론에 근거하는 질서관은 비록 그것이 군왕과 귀족의 전제론을 바탕으로 하고 있기는 하지만 대중들로 하여금 세계와 자신들을 하나의 질서 체계 속에서 인식할 수 있게 해주었습니다.

이에 반해 칼빈 등은 그런 절대적 질서 체계는 있을 수 없으며 인간의 이성으로는 신의 뜻을 헤아릴 수 없으므로 이 세계에는 합리적이고 정당한 것이 존재할 수 없다고 하였습니다.

인간이 차지하고 있는 위치와 관련해서 종교 분야에서 대두된 이 같은 회의론은 그후 코페르니쿠스, 몽테뉴, 그리고 마키아벨리 등에 의해 사회 모든 분야로 확산되었고, 엘리자베스 시대의 영국에도 큰 영향을 미쳤습니다.

따라서 대중들의 의식 내면에는 이런 다양한 견해들이 뒤섞여 갈등을 일으키고, 그런 갈등은 동시에 이해 관계를 달리하는 집단들이 대립하는 사회적 갈등으로 표출되었습니다. 특히 왕권 신수설을 굳게 믿고 있던 제임스 I세가 왕위에 오르면서 의회 내에서 국왕과 청교도의 대립은 불가피해졌습니다.

《리어왕》이 쓰여진 시기로 추정되는 1604~1605년경은 이런 정치적 갈등이 엘리자베스 시대에 심화된 가치관의 분열과 결부됨으로써 영국과 전세계에 대혼란이 닥쳐올 것이라는 비관적 견해가 팽배했던 시기였습니다.

따라서 작품 속에는 정치적 질서 체계는 물론 인간과 세계를 연결시켜주는 종교적, 철학적 혼란까지 나타나 있습니다. 등장인물 역시 혼란 가운데서 서로 다른 가치를 대변하고 있는데, 리어 왕과 글로스터는 봉건적 이상의 한계를, 켄트는 그것의 긍정적인 면을, 에드먼드, 거너릴, 리건은 부르주아적 합리주의의 부정적인 면을 각각 보이면서 갈등을 일으키고 있습니다.

그런데 여기에서 작가의 입장을 잠깐 살펴보면 작가는 전통적이고 귀족적인 가치에 집착하는 반면 그와 대치되는 탐욕적이고 무절제한 중산 계급의 가치에 혐오감을 나타내고 있습니다.

작가는 결국 작품 속에서 두 가치를 극복할 수 있는 새로운 질서와 가치 체계를 요구한다고 할 수 있습니다. 왜냐하면 작가는 에드거를 모든 것이 파괴되고 무의미한 혼돈 속에서 그것을 극복하는 인물로 표현하고 있고, 올버니는 혼돈과 멀리하면서도 그것을 청산하고 사건을 마무리하는 인물로 설정했기 때문입니다.

1막에서는 리어 왕의 비극적 결함이 드러납니다. 그것은 곧 그의 통찰력의 결핍, 고집과 노망, 질서 파괴 행동 등입니다. 아첨을 거부하고 물질적인 이익을 위해 사랑을 거래하기를 거절한 코델리어와 켄트를 리어 왕이 추방하는 것은 그가 진실을 직시하지 못했기 때문이고, 이 때문에 그는 불행을 겪습니다.

그가 왕국을 분할하고 왕권을 이양하는 것은 신으로부터 받은 왕권을 내버리는 것이며, 신으로부터 위임받은 의무를 저버리는 질서 파괴의 행동이라고 할 수 있습니다. 리어 왕이 왕관을 벗는 순간 중세적 위계 질서는 무너져 버립니다. 그가 왕관을 벗고도 왕으로서의 권위를 행사할 수 있다고 믿는 것은 중세적 위계 질서의 체계가 갖는 한계를 드러내는 것입니다. 그러나 그는 이 사실을 인정하려 하지 않기 때문에 많은 고통을 겪습니다. 그는 광인이 되어 누더기를 걸치고 폭풍우 속을 헤맨 후에야 그 사실을 인식하기에 이릅니다.

코델리아는 이 극에서 기존 질서 체계를 지탱해 주는 경직된 형식의 한계를 가장 먼저 깨달은 인물입니다. 그녀는 자신의 진심을 경직된 형식으로는 결코 표현할 수 없다는 것을 알고 있었기 때문에 이러한 요구에 '아무 말씀도 드릴 것이 없다'라고 대답합니다. 그녀의 '없다' 라는 대답은 리어 왕을 정점으로 하는 질서 체계의 허구성을 폭로하고 봉기시키는 역할을 합니다.

그러나 극적으로 보면 그녀는 프랑스 왕과 결혼하여 영국을 떠남으로써 기존의 질서가 붕괴되고 혼돈의 과정을 거쳐 새로운 질서 체계가 나타나는 과정에서 하나의 이상적 관념으로 남아 있을 뿐입니다.

인간의 사회적 존재 양식이 내용과 형식의 조화라는 이상을 지향하고 있다면, 리어 왕의 세계에서의 합당한 인간 관계는 거너릴과 리건으로 대변되는 형식과 코델리아로 대변되는 내용이 조화를 이룸으로써 가능한 것이 됩니다.

그러나 형식의 본질적 경직성은 내용을 위축시키고, 결국에는 내용 없는 형식만이 지배하는 세계가 남습니다. 형식과 내용은 어느 하나만으로는 의미를 가질 수 없습니다. 코델리어와 켄트가 자취를 감추자 리어의 세계에는 내용 없는 형식만 남게 되어 결과적으로 형식 그 자체도 무의미한 것이 되고 맙니다.

기존 규범의 핵심이던 코델리아가 영국을 떠난 후 그 규범 가운데 존재하고 있던 인물들(리어 왕과 에드거 등)만이 사실상 '존재하지 않는 것' 에 빠지는 것은 아닙니다. 거너릴과 리건은 통치권을, 에드먼드는 상속권을 위해 기존의 규범이 중요하다고 규정하는 모든 것을 희생시켰지만, 그로 인해 그들에게는 그 모든 것들이 무의미해지고 맙니다. 왜냐하면 그들은 기존의 가치와 규범을 부정하면서 동시에 문명 자체를 파괴했기 때문입니다.

문명이 욕망과 규범의 조화를 바탕으로 하고 있다면, 그들은 규범을 파괴하고 욕망의 지배만을 받음으로써 문명 이전의 세계로 돌아간 것입니다. 이는 결국 내용 없는 형식이든, 형식 없는 내용이든 서로의 조화를 상실하면 모두 '존재하지 않는 것'이 되어 혼돈 속에 빠져든다는 것을 의미합니다.

혼돈을 극복하고 새로운 질서를 확립하는 과정은 에드거와 올버니를 통해 이루어집니다. 에드거는 기존 질서 체계 안에 안주하는 인물로 등장하지만, 그 질서 체계가 붕괴되는 동시에 자신의 정체성을 상실합니다.

그런데 그가 상실한 정체성은 이미 한계에 직면한 기존 질서 체계가 그에게 부여해 준 것이기 때문에 내용이 없는 형식뿐이어서, 역설적이지만 그는 오히려 '존재하지 않는 것'으로 전락함으로써 자신의 인간적 실체를 발견하게 됩니다.

극한적 고통을 경험함으로써 삶에 대한 깨달음에 도달하고, 그것을 바탕으로 새로운 인간 관계를 만들어 내는 것이 에드거라면 올버니는 그와 같은 인간 관계를 근거로 하여 새로운 사회 질서를 확립하고 거기에 참신한 인상을 부여하는 역할을 담당합니다. 올버니는 극의 전반에는 에드거처럼 소극적인 인물로 그려져 있습니다. 또한 사회가 혼돈 속에 빠져들어도 아무런 역할도 하지 않습니다. 그러나 4막 2장에서부터는 전혀 다른 인물로 나타납니다. 그가 자신을 '공명정대하지 않는 경우에는 결코 용기를 발휘하지 않는 사람'이라고 설명하고 있듯이 그는 혼돈 속에 방황하고 있는 다른 인물들과는 달리 분명한 판단 기준과 공평한 안목을 갖춘 인물로 바뀌어 에드거와 함께 혼란한 질서를 회복시킵니다.

리어 왕과 코델리아의 죽음은 형식과 내용이 분리됨으로써 그 한계를 드러낸 기존 질서 체계의 청산을 뜻하는 동시에 새로운 질서의 시발점이 되기도 합니다. 코델리아는 규범의 이상적 내용을 대변하지만 그것을 수용할 형식을 갖지 못함으로써 무의미한 것이 되었고, 리어 왕의 통치자로서의 권위는 그것을 뒷받침해 줄 규범이 그 내용을 상실함으로써 혼돈 속에 빠지고 말았습니다.

그러나 그 혼돈 속에서 삶의 본질, 사물의 실체를 경험함으로써 모든 기존 규범의 구속을 떨쳐 버리고 코델리아의 진정한 가치를 깨달은 리어 왕이 이상을 온전하게 간직하고 있는 코델리아와 결합함으로써 새로운 규범과 그것을 바탕으로 하는 새로운 질서가 탄생합니다.

역사란 끊임없이 경직된 기존 질서 체계가 수립되는 과정에서 경험하는 인간의 고통과 희생의 기록이라고 할 수 있다면 《리어 왕》은 그런 역사적 전환기에 나타날 수밖에 없는 혼돈과 그것의 극복 과정을 냉철하게 탐색하는 극이라고 할 수 있습니다.

리어 왕의 성격적 결함은 그에게 불행한 운명의 시발점이 되었고, 모든 상황을 더 급속도로 악화시킨 가장 큰 원인이 되었습니다. 이것을 작품에서 사건별로 나열해 보면 첫째, 리어 왕의 독선적 권위 의식은 그가 국정에서 은퇴하고 왕국을 세 딸에게 분배하기로 결심한 뒤에도 여전히 자신은 '왕'으로서의 권력을 유지할 것이라는 환상을 줌과 동시에 그에게 더 큰 좌절과 분노만 심어 줍니다. 둘째, 왕권을 세 딸에게 나누어 준다며 가장 많이 사랑한다고 말하는 사람에게 가장 많은 복을 주겠다고 말하는데 이것은 사람의 본질적 가치를 무시한 어리석은 판단입니다. 즉 거너릴과 리건의 말이 헛된 거짓말임에도 불구하고 당장에 듣기 좋은 아첨을 진정한 효심이라 받아들이고, 진실한 코델리아의 효심이 담긴 덤덤한 말은 제대로 받아들이지 못하는 판단력의 결여가 그의 불행을 불러온 직접적인 원인이 된 것입니다. 셋째, 그는 또한 코델리아의 대답을 듣고 그 자리에서 그녀의 몫을 나머지 두 딸에게 나누어 주는 성급함도 보이지요. 켄트가 목숨을 걸고 리어 왕의 선포를 취소해 줄 것을 간청하지만 리어 왕은 바로 성에서 그를 추방하는데, 여기에서도 그의 성급함과 무분별함을 읽을 수 있습니다. '광기 속의 이성'과 '눈 먼 상태의 시력'으로 표현되는 리어 왕의 각성은 현실 세계와는 격리된 세계에서야만 비로소 사회의 모순, 즉 잘못된 가치에 뿌리를 둔 권력이나 권위의 허망함을 깨닫는 아이러니를 보여 줍니다.

리어 왕　이 비극에서 리어 왕의 위치는 특이합니다. 비참한 결과에 이르기까지 그는 오랫동안 무저항적이었습니다. 그는 전적으로 고통당하는 사람으로 생각되어 왔으며, 행위자로 생각되지 않았습니다. 그의 고통들은 역시 너무나 잔인하고, 그런 고통들을 가하는 자들에 대한 우리의 분개가 너무 강하기 때문에, 그가 코델리어와 켄트와 그의 영토에 대해 저지른 잘못에 관한 기억은 거의 지워졌던 것입니다.

독후감 길라잡이

성급한 행동, 독단주의, 코델리아와 켄트에 대한 그의 부정의 걷잡을 수 없는 분노, 그리고 자신의 충실한 자식을 거절한 후, 왕국을 자기 고집대로 나누려는 성급함 등을 목격할 때, 연민의 정은 또 다른 감정에 굴복하고 맙니다.

글로스터　이 비극에서 올버니와 함께 중립적인 인물입니다. 글로스터는 자기 상전처럼, 애정이 깊고, 잘 속고 성급합니다, 그러나 달리 보면, 그는 비극적인 리어 왕과는 날카로운 대조를 이루고 있으며, 리어 왕은 머리부터 발끝까지 왕인 우뚝솟은 인물인 한편, 글로스터는 훨씬 좁은 범위에 구축되어 있고 미약한 힘과 불을 지니고 있다고 할 수 있습니다. 그가 비록 선량한 마음씨를 가진 인물이지만, 결정적으로 허약하며, 리어 왕의 최초의 과오와 부정에 저항하여 켄트를 지지하는데 전적으로 실패하자, 그는 다만 점진적으로 더 강한 쪽을 택합니다. 그의 성격은 매우 흥미있는 것도 매우 뚜렷한 것도 아닙니다.

올버니   올버니는 단순한 스케치의 인물이며, 악의가 없는 평화애호가이며, 처음에는 자기 아내에 대한 대단한 사랑과 그녀의 전제적인 고집 때문에 억압을 당합니다. 그는 켄트와 에드거에 대한 친절한 감정과 글로스터의 죽음을 보고 동정어린 고통으로 가득 찰 뿐만 아니라, 두려움이 없고 결단적인 모순으로 나타납니다.

오스월드   오스월드는 선과 악으로 구별되는 집단에서 경멸할 만한 인물이며, 켄트가 다행히도 그에 대한 느낌들을 표현해 줍니다. 그렇지만 우리는 두 차례 그에게 동정을 느낄 수 있습니다. 리건은 에드먼드에게 보내는 거너릴의 편지를 열어 보자고 그를 유혹하지만 충실한 그는 거부합니다. 그리고 죽을 때만큼은 자신의 진실성을 보여 주고자 합니다. 그가 충실하다는 것은 괴물 같은 것이며, 그는 괴물 같은 의도로 주인에게 충실합니다. 그래도 충실함은 충실함이며, 그는 전적으로 무가치한 것은 아닙니다.

코델리아   인물 그 자체와 그 인물을 묘사하는 제한되고 지극히 검소한 방법 사이에는 이상한 조화가 있지만, 아마 그것은 의도적 결과일 것입니다. 소수의 표현을 통해서 얻어지는 거의 극대화된 표현력과 확산된 대사에 이러한 아름다움을 나타내지 않으려는 거부로 말미암아 전달되는 무한한 풍요로움과 아름다움의 암시, 이것이 바로 코델리아의 성격입니다.

에드거 　 최소의 감격을 일으키지만 행동 발전이 가장 뚜렷한
인물입니다. 그것은 그의 확고하고 의식적인 종교성과 관련이 있
는 듯합니다. 그는 모든 것을 종교적으로 해석하고, 여기에서 개
인적 감정들을 압도하는 강한 확신에서 이야기하고 있습니다. 다
른 한편으로는 이러한 종교성은 그의 명랑하고 확고한 인내심,
그리고 그의 실질적인 유용성과 기지와도 관계됩니다.

켄 트 　 그는 고귀한 성격이지만 왕에 대한 저항적 태도에서
재간이 없습니다. 또한 자기 헌신과 표면에 나타나지 않는 성질
과 유쾌한 극기주의와 죽은 주인을 따르려는 욕망을 가졌다고 할
수 있습니다. 그러나 비록 자아 극기적이기는 하지만 그는 역시
종교적입니다.

④ 작가 들여다보기

셰익스피어는 희비극을 포함한 37편의 희곡과 여러 권의 시집
및 소네트집이 있고, 영국의 시인·극작가로서 영국이 낳은 세계
최고 극작가입니다. 동료 극작가 벤 존슨은 셰익스피어를 일컬어
'한 시대가 아닌 만세를 위한 작가'라고 말했습니다.

뛰어난 시적 상상력, 인간성의 안팎을 넓고 깊게 꿰뚫어 보는

통찰력, 놀랄 만큼 풍부한 언어의 구사, 매우 다양한 무대 형상화 솜씨 등에서 그를 따를 사람이 없습니다. 16세기 말에서 17세기 초에 씌어진 그의 희곡은 작은 레퍼토리 극단에서 공연되었으며, 오늘날에도 세계 여러 나라에서 그토록 자주 작품이 공연되는 작가는 없습니다.

그는 영국의 중부 지방 유서 깊은 워릭 성 남쪽 외곽에 있는 작은 마을 스트라포드—어폰—에이번에서 중상류 상공인의 아들로 태어났습니다. 세익스피어의 출생연도는 1564년인데, 세례받은 날이 4월 26일로 문헌상에 남아 있을 뿐, 당시의 관례로 미루어 4월 23일을 출생일로 추정하여 기념하고 있습니다.

4살 때에 아버지가 읍장을 지내기도 했으니 어린 시절은 어려움 없이 보낸 듯하고, 스트라포드 그래머 스쿨에 다닐 수 있는 행운도 누렸지요.

14살 때부터 가세가 기울어 대학 진학은 포기해야 했으나 당대 교육 기관으로서는 특수층 자제만이 다닐 수 있는 그래머 스쿨에서 라틴 어를 익혀 서양의 고전을 섭렵할 능력을 갖춘 것만도 그의 천재성을 싹틔우는 데 큰 몫을 했습니다.

18세 때 8세 연상의 여인 헤서웨이와 결혼하여 딸을 낳고, 곧이어 쌍둥이 남매를 낳지만 아내와 다정한 삶을 누린 흔적은 없고, 그후 런던의 극장에서 일꾼으로 출발하기까지의 8년간의 행적에서 시골 학교 교사, 귀족의 심부름꾼 등으로 전전하며 방황

한 삶의 흔적이 있습니다.

30세가 된 1594년부터 의전장관 극단에 소속되어 극작가로서 승승장구할 계기를 맞습니다. 그후 20여 년 간 전속 극작가 겸 극단 공동 경영자로, 때로는 무대에서 직접 배역까지 맡았는데, 이 시기에 40여 편의 희곡과 시집을 펴냈습니다.

가세가 기운 후 신분이 격하된 아버지의 신분을 상승시키려고 가문의 인장 사용 허가를 당국에서 얻어내기도 하고, 쌍둥이로 태어난 외동아들의 죽음이라는 슬픔도 딛고 일어서 나머지 자녀들을 고향에 안주시켜 뒷날 자기가 은퇴하여 합류한 일 등으로 보아 생활인으로서 착실함이 엿보입니다.

그는 극작 활동으로 모은 상당한 재산을 착실히 관리했는데, 재산 관계의 소송에서 관대하게 대처하여 재산상의 손해를 감수하며 명예를 지키려 애쓴 일도 있고, 거액의 돈을 빌려 달라는 가난한 친구의 간청도 뿌리치지 않아 후일에 양가 자손들이 혼사를 맺은 미담도 남깁니다.

생이 끝나기 한 달 전에 작성한 유언장에 유서에 대한 세목을 작성했는데, 대부분의 재산을 맏딸에게서 얻은 외손자에게 물려주고, 아내에게는 자기 소유의 침대 중에서도 두 번째로 좋은 것만 물려준다고 명기하여 구구한 해석을 낳게 했습니다. 62세 때인 1616년에 타계했는데, 그 날짜가 묘하게도 생일과 같은 날인 4월 23일이었습니다.

1564년   존 셰익스피어와 메어리 아든 사이에서 출생.

1582년   앤 해서웨이와 결혼.

1583년   맏딸 스잔나 태어남.

1585년   쌍둥이 함네트, 주디스 태어남.

1594년   궁내 대신 소속 극단의 단원이 됨.

1596년   맏아들 함네트 사망.

1598년   벤 존슨의 희곡 무대 출연.

1599년   글로브 극장을 공동 경영.

1601년   글로브 극장에서 〈리처드 2세〉 상연.

1603년   〈햄릿〉 첫 공연.

1610년   고향으로 돌아와 은퇴.

1616년   사망.

5 시대와 연관짓기

　서양에서 정치적으로나 문화적으로 변방에 불과했던 16세기의 영국에서 인류사상 최고의 대문호가 탄생한 데는 셰익스피어 개인의 천재성만으로 돌릴 수 없는 시대적 배경이 뒤따랐습니다.

　오랜 세월 동안 위세를 떨친 로마 제국의 영향 아래에 기독교 세력에 의한 정·교 유착으로 유럽 통치 중심은 이탈리아였는데,

이 세력 아래에 있던 프랑스, 스페인, 독일 등 대륙 국가들의 눈치를 살피며, 섬 안의 세 적, 스코틀랜드, 아일랜드, 웨일즈를 평정하는 데 급급해 온 영국이 셰익스피어가 탄생한 16세기 후반에 이르러 정치 세력의 중원국으로 자리잡을 기틀을 마련합니다.

셰익스피어가 태어나기 6년 전에 등극한 엘리자베스 여왕이 섬 왕가 간의 끊임없는 분란으로 단명했던 그전 왕과는 달리 전무후무한 45년간의 장수 왕좌를 누리며 영특하고 희생적인 구국의 일념으로 섬을 통일하고 국력을 길러 대륙의 힘에 맞서 세계를 주름잡는 대영 제국의 긍지를 영국민에게 불어넣은 것이죠.

16세기 전반까지 정치적으로 대륙에 추종했다고 한다면 문화적으로는 대륙을 모방했던 영국에서 셰익스피어가 갑자기 출현했다기보다는 국세의 확장에 힘입어 국민의 고양된 자긍심이 문화의 독창력으로 승화된 계기를 맞은 결과로 보는 것이 마땅합니다.

15세기에 이탈리아에서 시작한 문예 부흥 운동이 대륙을 거쳐 토마스 모어에 의해 영국에 점화된 때가 대륙보다 한 세기 늦은 16세기 전반이었습니다. 그러나 대륙 문화의 영향을 받은 에드먼드 스펜서가 고전 문학의 단순 모방 차원을 넘어 모국어 문학의 지평을 넓힌 것이나, 대학 학자들이 신극 운동으로 고전극의 답습에 머물지 않고 영국 전통극을 발전시켜 독창성을 발휘할 가능성을 암시해 준 것 등이 셰익스피어의 문학 세계를 풍성하게 한

밑거름이 되었습니다.

어쨌든 문화의 변방에서 그렇게 단시간에 수입된 문화를 독창적으로 재창조하여 전세계에 역수출한 데는 여러 방향에서 불어주는 순풍을 잘 이용한 작가 개인의 천재성과 합일을 이룬 결과라 볼 수 있지요.

그러나 셰익스피어의 천재성에도 불구하고 현대적인 관점에서 볼 때 미숙하게 보이는 연극 대본을 쓴 데는 당대의 극장 조건이 그럴 수밖에 없었기 때문입니다. 극장 구조는 지붕이 뚫린 반 옥외 극장인데다 무대가 개방형이어서 앞면의 막이 없었으며, 장치, 조명 등은 사용되지 않았습니다. 연기자에게는 각자 맡은 대사만 주어졌으며, 여성 역은 변성기 이전의 소년 배우가 맡아야 하는 등 특수성을 감안해야 했지요.

6 작품토론하기

1 《리어 왕》을 읽을 때, 상상력이 우리에게 미치는 영향은 대단합니다. 그리고 그것은 다른 영향들과 결합되어 뚜렷한 아이디어의 형태가 아니라 시에 적합한 방식으로 광범위하며 보편적인 의미를 우리에게 전해 줍니다. 그렇다면 《리어 왕》이 극장 무대에 상연되었을 때의 공연상의 효과는 무엇일까요?

➔ 일반적으로 공연되었을 때는 작가가 창조해 내는 언어의 의미가 절반밖에 실현되지 못하고 오히려 시적 분위기가 흐트러집니다. 시각이라는 폭군에 순응하여, 우리는 등장인물들을 단지 특이한 남녀들로 생각하게 되며, 그 모든 거대하고도 막연한 제시는 만일 그것이 전적으로 우리의 정신 속으로 스며든다 할지라도 우리가 즉각 거부하는 알레고리의 형태로 나타납니다. 만일 우리가 이 비극 전체 중에서 그 극적 중심을 이루는 폭풍 장면들을 생각해보면 상상력과 감각 사이에 유사한 갈등이 있음을 발견할 수 있을 것입니다.

2 《리어 왕》을 읽다 보면 이 세계를 움직이고, 이 거대한 전쟁과 황폐를 야기시키며, 또는 세상사람들에게 고통을 가하고, 그들을 위압하는 궁극적인 힘은 무엇이 될 것인가라는 의문을 품게 됩니다. 그런데《리어 왕》에서는 이러한 물음을 우리가 하도록 하는 것이 아니라 등장인물들을 통해서 이야기하고 있습니다. 그것이 어떻게 나타나는지 이야기해 봅시다.

➔ 종교적, 비종교적 신앙심과 느낌들에 대한 언급이 셰익스피어의 다른 비극 작품들에서 보다 자주 언급되며, 아마 그의 마지막 연극들만큼 빈번할 것입니다. 그는 운명이나 별들 혹은 신들에 관해 인물들이 사용하는 서로 다른 언어에 깃들어 있는 특수

한 차이점들을 소개하고 있으며, 세계는 무엇이 다스리고 있는가 라는 질문이 그들의 정신에 어떻게 강압되고 있는가를 보여 줍니다.

독후감 예시하기

┃독후감 1┃ 리어 왕의 죽음을 통해 본 인간의 본 모습

나는 이번 방학 동안에 많은 독서를 하겠다고 생각했지만, 그 계획은 뜻대로 되지 않았다. 그런데 방학이 끝날 무렵, 우연히 눈에 띄는 책이 있었는데, 그 책이 바로 《리어 왕》이었다.

이 책을 흥미롭게 읽게 된 계기는 첫 부분에 '바람이여, 불어라! 그래서 내 뺨을 찢어라! 비여, 내려라! 폭포수가 되어 쏟아져라!' 라는 문구 때문이었다. 리어 왕이 어떤 삶을 살았기에 이렇게 고통스럽게 말하고 있는 걸까? 하는 궁금증이 생겼다. 이 문구는 리어 왕이 큰 고통을 받아서 황야에서 폭풍우가 치는 무서운 밤에 자신의 딸들에 대한 분노를 분출하는 장면에서 나오는 대사이다.

가장 중요한 장면이라고 생각되는 이 장면에서 나도 리어 왕처럼 가장 믿고 모든 것을 맡겼던 사람에게 배신을 당하면 이렇게 분노할 수도 있겠다고 생각되었고, 한 나라를 좌지우지하던 사람

218

이 이렇게까지 비참하게 되다니 안타까웠다.

리어 왕에게 아첨한 후 그가 거대한 유산을 남겨 주자, 그를 배신하고 끝내는 죽임을 당하는 리어 왕의 세 딸 중 첫째와 둘째는 오늘날 부모님의 유산을 놓고 싸우는 사람들을 대표하는 것처럼 느껴졌다.

그러나 리어 왕의 막내딸은 리어 왕을 사랑하는 마음을 말로는 잘 표현하지 못하지만, 부모에 대한 효성이 지극하여 마지막까지 변치 않고, 리어 왕에게 효를 다한다. 이것을 보면서, 말은 그 사람을 반영할 수는 있지만 그 사람의 모든 것이 될 수는 없다는 생각이 들었다.

《리어 왕》은 셰익스피어의 4대 비극으로 꼽히는 작품답게 안타깝게도 내 바람과는 달리 리어 왕과 세 딸뿐 아니라 충신으로 나오는 글로스터와 악인으로 나온 에드먼드 모두 죽는다. 셰익스피어는 이들 모두의 죽음을 통해 우리에게 무엇을 알리고자 했던 것일까?

셰익스피어는 우리에게 세상은 한갓 꿈에 불과하다는 깨달음을 주고자 한 것이 아니었을까 생각해 본다. 한 나라의 왕이었던 사람의 비참한 최후, 선한 자와 악한 자 모두 결국 흙으로 돌아가는 것을 보여 줌으로써 온갖 욕망과 시기, 권력이 헛된 것임을 알고 인간 본연의 모습으로 돌아가기를 충고하고 있는 것은 아닌지 생각해 본다.

▌독후감 2 ▌ 우리 사회를 보여 주는 작품 《리어 왕》을 읽고

나는 누가 부모님을 사랑하느냐고 묻는다면 언제든지 자신 있게 "예!"라고 말할 수 있다. 하지만 나와 부모님 중 누가 더 중요하느냐고 묻는다면 바로 대답할 수 없을 것 같다. 아무리 나를 낳아 주신 분들이라 해도, 나의 인생, 나의 생명보다 나 자신에게와 닿는 것은 없기 때문이다. 하지만 리어 왕의 코델리아는 자신보다도 아버지를 더욱 사랑한 여인이었던 것 같다.

자신을 내쫓은 어리석은 아버지를 위해 기꺼이 목숨을 내걸고 싸울 만큼 용기 있는 사람이 과연 이 세상에 몇이나 될까 생각해 본다. 이렇게 지극한 효심을 가진 코델리아의 진심을 말로 표현하는 것은 너무 벅차고 어려운 일인 것 같다. 하지만 코델리아의 깊은 사랑을 미처 알아차리지 못한 리어 왕은 거너릴과 리건의 달콤한 속삭임에 빠져 코델리아의 진심어린 말에 화가 나서 추방이라는 가혹한 벌을 내린다. 이것은 코델리아에게도 불행한 일이었지만, 결과적으로 리어 왕 자신에게도 매우 비극적인 운명을 초래한다. 누구나 칭찬받기 좋아하고 사랑받기를 원한다. 더구나 리어 왕처럼 평생 자신의 수하에 많은 신하를 거느리고, 한 나라를 다스리던 권위적인 위치의 사람이라면 더할 것이다. 오랫동안 절대적인 권력에 익숙해진 리어 왕은 점점 진실과 거짓을 판별하는 능력을 상실하고, 성급한 성미, 독단적인 행동, 코델리아와 켄트에 대한 걷잡을 수 없는 분노로 인해 씻을 수 없는 과오를 남기게 된다.

한편, 나는 《리어 왕》이라는 작품 속에서 우리 사회에서 흔히 볼 수 있는 여러 가지 인물 유형을 볼 수 있었다. 오스월드. 거너릴, 리건처럼 도저히 용서할 수 없는 악행을 저지르는 사람들, 글로스터나 올버니처럼 악하지도 선하지도 않은 평범한 사람들, 또 코델리아처럼 무한한 풍요로움과 아름다움을 가진 인물들이 실제 우리 주변에도 존재하고 있다.

그냥 슬프고 가슴 아픈 이야기라고 치부해 버리기에는 너무도 현실적이고 처절한 삶의 모습이었다. 이 작품을 통해 혈육끼리도 서로를 믿지 못하고 불신과 살육이 팽배했던 당시 시대 분위기를 짐작해 볼 수 있었다.

한편 리건을 죽이고 자신까지 자살하고 마는 거너릴이 가장 악하면서도 불쌍한 인물이라고 생각되었다. 자신의 혈육을 죽였다는 죄책감에 마지막 순간까지 편안하지 못했으리라고 느꼈기 때문이다. 가장 마지막 순간에 자신의 잘못을 깨닫고 고치려 했던 에드먼드보다도 더욱 애처로운 것도 그 때문일 것이다.

늙고 힘없는 리어 왕이 코델리아를 죽인 자객을 맨손으로 죽이고 자신 또한 숨을 거두는 장면에서는 아예 눈물조차 나오지 않았고, 이렇게 완벽하게 비극적인 작품이 또 어디 있을까 하는 생각이 들었다. 항상 '왕자와 공주는 행복하게 살았답니다' 라는 식의 해피엔딩에 익숙해져 있던 나로서는 충격적이었다.

독후감 길라잡이

내가 나이가 좀 더 들고 성숙한 사회인이 되어 이 작품을 다시 읽는다면 더욱 마음에 와 닿고 지금보다 더 잘 이해할 수 있으리라는 기대를 해 본다. 10년 후에 읽는 《리어 왕》은 어떤 모습일까 궁금하다.

독후감
제대로 쓰기

① 책을 읽기 전에

우리는 책을 통해서 지식을 쌓고 학문을 연마하게 됩니다. 또한 교양을 얻고 수양을 쌓게 되지요. 그리하여 즐겁고 보람 있는 생활을 할 수 있는 것입니다. 이러한 습관이 지속된다면 이것이 곧 나의 생활 자체가 되고, 책을 읽는 시간이 얼마나 가치 있고 즐거운 시간인지 깨닫게 될 것입니다.

독후감을 쓰기 위해서는 책을 읽어야 함은 말할 것도 없습니다. 그러나 아무 책이나 읽는다고 다 좋은 것은 아닙니다. 특히 중학생은 아직 양서를 구별할 만한 충분한 지식을 갖추지 못했기 때문에 선생님 혹은 부모님, 그리고 선배들이 권하는 책이나, 이미 국내적으로나 세계적으로 잘 알려진 명작이나 명저를 찾아 읽는 것이 바른 방법이라고 볼 수 있습니다. 예컨대 사회적으로 존경받을 만한 사람들의 일대기를 그린 위인전이나 자서전 같은 것은 읽을 가치가 있으며, 명시 모음집이나 명작 소설, 특정한 분야의 관찰기, 평론집 같은 것도 좋은 읽을거리가 될 수 있습니다.

그럼 효율적인 독서를 위해서 어떤 점에 유의해야 할지 알아볼까요?

첫째, 본문을 읽기 전에 책의 앞부분에 있는 머리말이나 해설하는 글을 먼저 정독합니다. 그러면 책을 쓰게 된 동기나 평가 등에 대하여 잘 알 수 있게 되죠.

둘째, 목차를 잘 살펴봅니다. 목차에서 그 책의 내용이 어떻게 전개될 것인가에 대해 미리 파악할 수 있기 때문입니다.

셋째, 본문을 읽기 시작하면, 그 중에 잘 모르는 단어나 문구가 나오기 마련입니다. 그런 것은 곧 사전을 찾아 뜻을 알아두어야 합니다. 그런 것을 무시했다가는 자칫 전체를 이해하지 못하는 오류를 범할 수 있거든요.

넷째, 각 문단별로 소주제가 무엇인지를 파악하고, 그 줄거리를 요약하는 습관을 길러야 합니다. 특히 필자가 표현하려는 것과 그 뒷받침되는 내용이 무엇인지 알아내는 것이 필수겠지요.

다섯째, 글의 배경은 무엇인지, 앞뒤 맥락이 어떻게 이어지고 있는지를 잘 생각하면서 읽어야 합니다. 그리고 소설일 경우에는 주인공과 등장인물들의 성격이나 특성을 파악하는 것이 무엇보다 중요하겠지요.

여섯째, 다 읽은 다음에는 줄거리를 만들어 보고, 전체적인 주제가 무엇인지 정리하는 작업도 필요합니다.

② 책을 감상하는 방법

책을 읽을 때는 내용을 진지하게 파고들어 가며 읽어야 합니다. 즉 자기의 현재 생활과 비교해 가면서 생각의 폭과 사고를 넓혀 나가는 것이 중요하답니다. 그리고 작품의 문체·제목·주제·논제 등도 염두에 두고 읽으면 나중에 독후감을 쓰기가 좀더 수월

독후감 제대로 쓰기

해집니다.

그리고 저자가 강조하고 있는 내용과 사건들이 현재 우리 사회에 어떤 의미를 가지고 있으며 어떻게 발전시켜 나가야 할 것인가를 생각하며 읽습니다. 더불어 저자가 작품에서 강조하려고 하는 것이 무엇인가를 파악하며 읽을 필요가 있습니다. 그렇다고 굉장한 부담을 느끼면서 책을 읽을 필요는 없습니다. 책 읽는 것 자체를 즐긴다면 그리 깊게 생각하지 않아도 작가가 말하려는 바를 깨닫게 될 테니까요.

그렇다면 각 문학 장르에 따라 어떤 점에 유념하여 책을 읽어야 하는지 알아볼까요?

▌소설▐ 작품의 주제를 파악하고 작중 인물의 성격과 배경을 생각하며 주인공이 어떻게 변화되어 가고 있는가를 염두에 두고 읽습니다. 자신의 생각이나 현실과 결부시켜 보는 것도 재미를 배가시켜 줄 거예요.

▌시▐ 선입견을 갖지 않고 그대로 느낌을 받아들이며 읽습니다.

▌희곡▐ 무대 상연을 전제로 하여 쓰여진 것이기 때문에 시간적·공간적 제약을 받는다는 것을 염두에 두어야 합니다.

▌역사 소설▐ 인물·사건 등을 작가가 상상력에 의존하여 구성한 글로서, 항상 계몽사상이나 민족의식 고취 등 어떤 목적이 들어 있는지를 파악하며 읽어야 합니다.

▌역사 ▌ 역사는 역사 소설과는 구분지어야 합니다. 이것은 정확한 기록으로 글쓴이의 주관적 해석이 들어 있을 수 없으며, 시간의 흐름에 따라 사건을 나열한 것임을 생각해야 합니다.

▌수필 ▌ 지은이의 인생관이 들어 있습니다. 심리적 부담감이 적으므로 편안한 마음으로 읽을 수 있습니다.

▌전기문 ▌ 인물의 정신, 자취, 시대적 배경과 사회적 환경을 먼저 파악해야 합니다.

▌과학 도서▌ 미지의 세계에 대한 탐구심, 합리적 사고력 배양, 지식과 정보의 입수, 창의력을 기르는 데 도움이 되므로 평소 이에 대한 흥미를 갖는 것이 중요합니다.

독후감이란 무엇인가?

독후감은 말 그대로 어떤 글이나 책을 읽고, 그에 대한 느낌이나 생각을 쓰는 것입니다. 좋은 책을 읽고 그것을 정리해 두지 않는다면 곧 그 내용을 잊어버려, 독서를 한 만큼의 가치를 얻지 못할 수도 있으니까요. 그러므로 한 권의 책을 읽으면 곧 그 책의 내용을 정리하고, 느낌이나 생각을 적어 두는 것이 좋습니다.

독후감은 느낌이나 생각을 거짓 없이 써야 하나, 그렇다고 아무렇게나 써도 되는 것은 아닙니다. 즉 독후감도 글이므로 수필의 형식으로 쓰든, 논술의 형식으로 쓰든, 정확하게 읽고 주제와 내

용에 맞게 써야 함은 물론이죠. 아무리 좋은 글이나 책이라도, 잘못 읽어 실제와 맞지 않는 생각이나 느낌을 쓰면 좋은 독후감이라고 할 수 없거든요. 그러므로 좋은 독후감을 쓰려면 독서를 잘해야 한다는 것이 전제됩니다. 독서를 잘하는 방법은 따로 있는게 아니라, 그저 많이 읽다 보면 요령이 생기고, 이해도 쉽게 되며, 능률도 오르게 되는 것입니다.

독후감은 왜 쓰는가?

독후감을 쓰는 목적은 독후감을 작성함으로써 독서하는 능력이 향상되고 글 쓰는 훈련을 할 수 있기 때문입니다. 그러므로 독후감을 쓰기 위해 책을 읽으면 보다 깊은 생각을 하면서 책을 읽게 됩니다. 또한 책을 통해 생활을 반성하며, 책에서 얻은 지식과 감명을 음미하여 자기 생활에 적용시킬 수 있습니다. 문장력과 논리적 사고가 향상되는 것은 물론이고요! 그럼 독후감을 왜 쓰는지 다음과 같이 정리해 볼까요?

1 읽은 책의 내용을 되살려 다시 음미해 볼 수 있습니다.

2 감동을 간직하고 책 읽는 보람을 얻을 수 있습니다.

3 책을 통해 지식을 심화시킬 수 있습니다.

4 책을 통해 자신의 문제를 연관지어 볼 수 있습니다.

5 글을 써 봄으로 해서 생각을 깊이 있게 할 수 있습니다.

⑥ 독서 목표를 확실히 할 수 있습니다.

⑦ 작품에 대한 비판력과 변별력을 기를 수 있습니다.

⑧ 자신의 생각을 조리 있게 쓸 수 있는 작문력을 향상시켜 줍니다.

⑨ 사고력과 논리력, 추리력을 기를 수 있습니다.

⑩ 바르게 책을 읽는 습관을 형성할 수 있습니다.

5 독후감을 쓰기 전에 생각하기

독후감은 수필의 형식이든 논술의 형식으로든 쓸 수 있다고 했는데, 사실 이 둘의 차이는 모호합니다. 다만, 수필이 자유롭게 붓 가는 대로 쓰는 것이라면 논술은 논리 정연하게 쓴다는 점이 다르다고 할 수 있습니다.

붓 가는 대로 자유롭게 수필의 형식으로 쓰는 독후감이라도 글의 앞뒤가 맞지 않는다든지, 주제가 통일되지 않으면 좋은 평가를 받을 수 없습니다. 논리 정연하게 쓰는 독후감이라면, 서론·본론·결론으로 나누어 서술해야 함은 물론이구요.

서론에 해당되는 부분에서는 그 책에 대한 소개나 쓴 사람의 생애, 또는 특기할 만한 일화 같은 것을 적는 것이 일반적입니다.

본론에 해당하는 부분에서는 그 책을 읽고 특별히 다루려는 내용을 체계적이고 구체적으로 써야 합니다.

결론에서는 본론에서 다룬 내용을 요약하거나, 자신이 읽은 후의 감상, 그 책의 좋은 점, 나쁜 점 등을 들어서 마무리를 해야 합니다.

독후감은 짧게 쓰는 것이 상례이므로, 작품 전체를 거론하기보다는 특정한 주제를 잡아서 쓰는 것이 좋습니다. 보편적으로 다룰 수 있는 몇 가지 주제를 제시해 보면 다음과 같습니다.

첫째, 작가의 의식이나 주인공의 언행, 성격과 연관지어 주제를 구현시키는 방법입니다. 문학 작품이라면 주제가 애정이나 애국, 의리나 배반일 수 있으므로 이러한 점에 초점을 두고 써야겠지요. 또한 과학에 관계된 것이라면, 그 발명의 의의나 연구자의 노력과 관련시켜 서술해야 하겠지요.

둘째, 저자의 이념이나 생애, 업적에 관심을 두고 쓰는 방법입니다.

그 작품을 통하여 알 수 있는 저자의 철학이나 사상 또는 저자가 그 작품을 남기기까지의 역경이나 작품을 쓰게 된 동기, 작품의 가치나 다른 작품에 미친 영향 등 작품과 연관시켜 쓰는 것이지요.

셋째, 작품의 내용을 중심으로 기술합니다.

예컨대, 작품 속 주인공의 성격을 분석하거나 다른 사람과 비교해 볼 수도 있고, 그 작품의 사건이나 시대적 배경을 논의하거나, 작품의 구성 같은 것에 초점을 두고 이야기할 수도 있습니다.

이와 같이 작품을 읽기 전에 먼저 어떤 점에 중점을 두고 독후감을 쓸 것인가를 염두에 둔다면, 그렇지 않은 경우보다 훨씬 이해가 쉽고, 나중에 독후감을 쓰는 데도 도움이 될 것입니다.

6 독후감의 여러 가지 유형

1. 처음에 결론부터 쓴 다음 왜 그러한 결론이 도출되었는지 자기의 감상을 자세하게 쓰거나 또는 감상을 먼저 쓰고 결론을 씁니다.

2. 책을 읽게 된 동기부터 설명하고 글 중간에 자기의 감상을 씁니다.

3. 저자나 친구에 대한 편지 형식으로 감상을 쓰거나 주인공에게 대화 형식으로 씁니다.

4. 시(詩)의 형태로 감상문을 씁니다.

5. 대화문(對話文) 형식으로 씁니다.

6. 줄거리부터 요약한 다음 자기의 느낌이나 생각을 씁니다.

7 독후감을 구체적으로 쓰는 방법

어렵게 쓰겠다는 생각은 하지 말고 쉽게 써야겠다는 마음가짐을 가져야 좋은 글이 나올 수 있습니다. 그리고 무엇보다 감상문을 쓰기 전에 무엇을 어떻게 쓸까 조목별로 골자를 먼저 쓰고, 이 골자에 살을 붙이는 방법으로 쓰려고 노력해야 합니다. 이때 의도적으로 아름답게 잘 쓰려고 하지 않는 것이 좋습니다. 자, 그럼 더 자세하게 알아볼까요?

1. 먼저 제목을 붙입니다.

2. 처음 부분(머리글)을 씁니다.

   ⇒ 책을 읽게 된 이유나 책을 대했을 때의 느낌을 씁니다.

   ⇒ 자신의 생활 경험과 관련지어 써 봅니다.

   ⇒ 제일 감동받은 부분을 씁니다.

   ⇒ 지은이나 주인공을 소개하는 글을 씁니다.

3. 가운데 부분을 씁니다.

   ⇒ 자기의 생활과 견주어 씁니다.

   ⇒ 주인공과 나의 경우를 비교해서 씁니다.

   ⇒ 시시비비를 분명히 가려야 합니다.

   ⇒ 가장 극적이었던 부분을 소개합니다.

4. 끝부분을 씁니다.

   ⇒ 자신의 느낌을 정리합니다.

   ⇒ 자신의 각오를 씁니다.

독후감을 쓴 다음에는 다음과 같은 추고의 과정이 필요합니다.

첫째, 쓴 글을 다시 한 번 읽으면서 맞춤법이나 표준어 규정에 어긋나는 것은 없는지 살펴봐야 합니다.

둘째, 문장이 잘 구성되어 있는지, 또 문단이 잘 짜여져 있는지 알아보아야 합니다. 한 문단에는 소주제문과 보조문들이 있어야 하는데, 그런 점이 잘 지켜져 있는지 유의해야 합니다.

셋째, 글 전체의 구성이 잘 이루어졌는지 살펴봅니다. 예를 들어 서론에 해당하는 부분이 지나치게 길다든지, 결론에 해당하는 부분이 너무 짧다든지, 전체적인 구성이 균형을 잃고 있다면 다시 고쳐 써야 하겠지요.

우리가 시간을 들여 열심히 책을 읽고 난 후 독후감을 잘 쓰기 위해서는 책을 읽고 있는 동안의 느낌을 잊지 않고 글로써 표현할 줄 알아야 하며, 책을 읽고 가장 감명받은 부분을 기억하고 있어야 합니다. 또한 다른 사람들은 어떻게 독후감을 썼는지 남의 것을 읽어 보고, 자신의 것과 비교해 보며 자주 글을 써 보는 것이 중요합니다. 그렇게 하다 보면 자신만의 개성 있는 필치로 독특한 감상문을 쓸 수 있게 되지요. 학교에서 아무리 독후감 숙제를 내주어도 부담없이 즐거운 기분으로 끝낼 수 있을 겁니다!

 ## 그 밖에 알아두면 유익한 것들

▌독후감 쓰기 10대 원칙 ▌

1. 자신의 수준에 맞는 책을 선택합시다.
2. 독후감 쓰는 형식이 있기는 하지만 너무 거기에 구애받을 필

요는 없습니다.

3. 자신이 작가라면 어떻게 글을 이끌어갈지를 생각하며 읽어 봅시다.

4. 평소 음악 평론이나 영화 평론을 많이 읽어 봅시다.

5. 읽으면서 마음에 와닿는 것이 있다면 따로 적어 둡시다.

6. 현대 사회의 문제점과 비교하면서 읽어 봅시다.

7. 모르는 것이 있으면 적어 두는 습관을 기릅시다.

8. 신문 사설이나 칼럼을 스크랩해서 필요할 때 사용합시다.

9. 요약하는 데에만 집착하지 말고 제대로 책을 읽읍시다.

10. 읽은 후에는 꼭 독후감을 직접 써 봅시다.

▌책을 읽는 10가지 방법 ▌

1. 아주 어릴 때부터 책과 친하게 지내는 습관을 기릅시다.

2. 너무 속독하려 하지 말고 담겨진 내용을 충실히 읽는 습관을 기릅시다.

3. 항상 작품이 나와 어떠한 상관 관계가 있는지 체크를 해 가며 읽읍시다.

4. 무조건 책장을 넘길 것이 아니라 시시비비를 가려 가면서 읽읍시다.

5. 매일매일 조금씩이라도 책을 읽는 습관을 들입시다.

6. 책 속에 담긴 뜻을 음미하고 되새기면서 읽읍시다.

7. 너무 자신의 취향에 맞는 책만 읽지 말고 다양한 장르의 책

을 골고루 읽도록 합시다.

8. 책 속에 담겨진 교훈을 깊이 생각하고 생활에 적용시킵시다.

9. 책에 따라 읽는 방법을 달리하는 습관을 들입시다. 모든 책이 만화책은 아니기 때문이죠.

10. 바른 자세로 앉아 눈과의 거리를 30cm 두고 밝은 곳에서 읽읍시다.

원고지 제대로 사용하기

▌제목 및 첫 장 쓰기 ▌

1. 제목은 석 줄을 잡아 둘째 줄 가운데에 씁니다.

2. 1행 2칸부터 글의 종별을 표시합니다. 가령 수필이면 '수필'이라고 씁니다. 간혹 글의 종별을 표시 없이 비워 두는 경우가 많은데 이는 적는 것을 잊었거나, 원고지 사용법에 무관심하기 때문입니다.

3. 제목을 쓸 때에는 마침표를 찍지 않고, 물음표와 느낌표는 붙이지 않는 것이 좋습니다.

4. 제목에 줄임표는 사용하지 않는 것이 상례입니다.

5. 이름은 넷째 줄 끝에 두 칸 정도를 남기고 씁니다. 특별한 경우에는 서너 칸을 남겨도 됩니다.

6. 성과 이름은 붙여 씁니다. 다만, 성과 이름을 분명히 구별해

야 할 필요가 있을 경우에는 띄어 쓸 수 있습니다. 예) 임채후 (○), 남궁석(○), 남궁 석(○)

7. 본문은 여섯째 줄부터 쓰는 것이 좋습니다. 단, 특수한 작문인 경우는 적절히 올려 넷째 줄부터 본문을 시작해도 상관없습니다.

8. 학교 이름이나 주소가 길 경우에는 세 줄을 잡아 쓸 수 있습니다.

9. 주소는 보통 표제지에 기재하고 원고지 첫 장에는 제목과 성명만 간단하게 적는 것이 상례입니다.

10. 성명의 각 글자는 시각적 효과를 위해 널찍하게 한두 칸씩 비워 써도 무방합니다.

11. 학교 앞에 지명을 기입할 때는 학교명을 모두 붙여 써서 지방을 표시하는 지명과 학교명의 구분을 명확히 해 주는 것이 좋습니다.

▌ 첫 칸 비우기 ▌

1. 각 문단이 시작될 때는 첫 칸을 비우고 씁니다.

2. 대화체의 경우는 첫 칸을 비우고 씁니다.

3. 인용문이 길 때는 행을 따로 잡아 쓰되, 인용 부분 전체를 한 칸 들여서 씁니다.

4. 첫째, 둘째, 셋째 등으로 이야기를 전개해야 할 때는 시작할 때마다 첫 칸을 비울 수 있습니다. 단, 그 길이가 길거나 제시된

내용을 선명하게 하고자 할 때 비워 둡니다.

　5. 시는 처음 두 칸 정도 줄마다 비우고 씁니다.

▌줄 바꾸기 ▌

　1. 문단이 바뀔 때는 줄을 바꾸어 씁니다.

　2. 대화는 줄을 새로 잡아 씁니다.

　3. 인용문을 시작할 때는 줄을 바꾸어 씁니다. 단, 그 길이가 길 때 한해서입니다.

　4. 대화나 인용문 뒤에 이어지는 지문은 글이 다시 시작되는 것이므로 한 칸을 들여 씁니다. 단, 이어 받는 말로 시작되는 지문은 첫 칸부터 씁니다.

▌문장 부호 및 아라비아 숫자, 영문자 ▌

　1. 문장 부호는 한 칸에 하나씩 넣는 것이 원칙입니다.

　2. 아라바아 숫자는 한 칸에 두 자씩 넣습니다.

　3. 한자(漢字)로 쓸 때는 띄어 쓰지 않습니다. 그러나 한자와 한글이 함께 쓰이면 띄어 쓰기를 합니다.

　4. 마침표(.)와 쉼표(,) 다음에는 통례상 한 칸을 비우지 않으며, 느낌표(!), 물음표(?) 다음에는 통례상 한 칸을 비웁니다.

　5. 행의 첫 칸에는 문장 부호를 쓰지 않습니다. 첫 칸에 문장 부호를 써야 할 경우는 그 바로 윗줄의 마지막 칸에 글자와 함께 씁니다.

6. 영문자의 경우, 대문자는 한 칸에 한 글자, 소문자는 한 칸에 두 글자씩 넣습니다.

🔟 문장 부호 바로 알고 쓰기

1. 마침표 : 문장을 끝마치고 찍는 문장 부호로 온점(.), 물음표(?), 느낌표(!)를 이르는 말입니다.
2. 쉼표 : 문장 중간에 찍는 반점(,) 가운뎃점(·) 쌍점(:) 빗금(/)을 이르는 말입니다.
3. 따옴표 : 대화, 인용, 특별어구를 나타낼 때 쓰는 문장 부호로 큰따옴표(" ")와 작은따옴표(' ')를 씁니다.
4. 그 밖의 문장 부호 : 물결표(~)는 '내지(얼마에서 얼마까지)'라는 뜻에 씁니다. 줄임표(……)는 할말을 줄였을 때와 말이 없음을 나타낼 때 씁니다.

1️⃣1️⃣ 마치며

초등학교나 중학교에서는 독후감이라는 말을 사용하지만 고등학교에 가게 되면 독후감이라는 말보다는 아마 논술이라는 말을 더 많이 쓰고 더 많이 듣게 될 것입니다. 논술이란 말 그대로 어떠한 논제를 가지고 논리적으로 서술하는 것을 말하는데, 이는 하루아침에 이루어지는 능력이 아니랍니다. 다양한 분야의 많은 것을 폭넓고 깊이 있게 알고, 자기의 주관을 뚜렷이 할 때만이 논술을 잘 쓰게 되는 것이지요. 그러기 위해서는 중학교 시절부터 많은 책을 읽어 보고 스스로 글을 써 보는 훈련을 하는 것이 중요합니다.

실제로 고등학교에 가면 교과목 공부에도 시간이 모자라 제대로 책을 읽을 시간이 없거든요. 무엇을 알아야 글을 쓸 것이고, 자신의 주장을 피력할 것 아니겠어요? 그러니 조금이라도 시간이 더 있는 중학생 시절에 좋은 책을 많이 읽어 보고, 생각해 보며, 글을 써 보는 노력을 하는 것이 여러분의 미래를 더욱 밝게 해줄 것입니다. 시간도 절약이 되고요. 아마 그렇게 한 사람은 그렇지 않은 사람보다 10리쯤 앞서 나가지 않을까 생각되는데 여러분 생각은 어떠세요?

독후감 제대로 쓰기

┃성 낙 수┃

한국교원대학교 교수, 연세대학교 졸업, 동 대학원에서 석사 · 박사 학위 받음.

┃임 현 옥┃

부여여자고등학교 교사, 공주대학교 졸업, 현재 한국교원대학교 대학원에 재학중.

┃이 승 후┃

경주 감포중학교 교사, 영남대학교 졸업, 현재 한국교원대학교 대학원에 재학중.

```
┌─────┐
│판 권│
│본 사│
│소 유│
└─────┘
```

중학생이 보는
리어 왕

초판 1쇄 발행	2004년 2월 15일
초판 5쇄 발행	2021년 10월 25일

엮 은 이	성낙수 · 임현옥 · 이승후
지 은 이	셰익스피어
옮 긴 이	김재남
펴 낸 이	신원영
펴 낸 곳	(주)신원문화사

주 소	서울시 구로구 가마산로 27길 14 신원빌딩 10층
전 화	3664-2131~4
팩 스	3664-2130

출판등록 1976년 9월 16일 제5-68호

* 잘못된 책은 바꾸어 드립니다.

ISBN 89-359-1174-7 43840